魔術士オーフェンはぐれ旅

コミクロンズ・プラン

秋田禎信

Yoshinobu Akita

TOブックス

CONTENTS

イラスト：草河遊也 Yuuya Kusaka
デザイン：ヴェイア Veia

ORPHEN
SORCEROUS STABBER

コミクロンズ・プラン

1

酒場には二種類ある。

街中にあるものと郊外にあるものだ。前者は街の住人のうさを吸い出すために、そして後者は旅人の休憩所になる。

街酒場のほうが洗練はされている。店によって大なり小なりだが。人生において重要な出来事が起こることもままある。もちろん重要事を忘れるためにも役に立つ。

だが街の外、街道に点在する酒場というのはもっと切実に重要だ。もちろん郊外での休憩所、避難所としてもだが、それよりも大事な役割は情報の伝達だった。人が移動すればその人間の持つ情報も移動する。噂《うわさ》は伝染し、やや不思議なことだが、人の足よりも速く都市間の情報網にもなり得る。ひとつの酒場が店をたたむことで、ある村に届くはずだった情報が滞り、そのために一族が全滅することもないではない。社会全体にまで影響を与えるわけだ。

つまり酒場というのは世界の耳であり、目だ。

酔漢たちは酔いつぶれてでもいなければ、その店に入ってきた客に必ず目をやる。

反応は大抵ひとつだ。それがどんな相手であろうとも、別段気にもせず元の話し相手か、自分の手元にある空のグラスに視線をもどす。何故《なぜ》ならおおむね大体の場合、入店してくるのがどうということもない旅人だからだ――その身なりや風体がどれほど違っていても。行商人、派遣警察隊、あるいは武装盗賊であったとしても、それぞれの役柄について変哲もない。ありふれた酒場に予想外の存在が降臨することなど、まずないことだ。

だがその人物が扉を開けて入ってきた時、店内の客全員がそれっきり、ぴたりと動きを止めた。

呆気《あっけ》に取られたのだ。海千山千の猛者《もさ》でさえ、見たこともないその新顔から即座には目を離せなかった。

当の新顔は逆に、客たちの反応にまったく気を引かれなかったようだった。無頓着に中をざっと見ると、カウンターの中に目当ての相手を見定めた。バーテンダーだ。これも樽《たる》から注いでいたビールの栓を閉める手が動かず、床にたっぷりとこぼしながら新顔に向かってぽかんと大口を開け、硬直していたのだったが。

「食べられるものと、水だ」

その新顔の簡潔な物言いに、バーテンダーははっと正気を取りもどした。

「あ、ああ」

とようやく、樽の栓を閉めてジョッキをテーブルに放る。危うげに揺れた容器からはさらに中身がこぼれ出したが、膝を濡《ぬ》らされても客は声もあげなかった。

バーテンダーが手を拭きながら豆スープの鍋を火の上に移す、普段より慌てた騒々しい物音で、ようやく場の空気が解け始めた。店内の客たちは不承不承ながらも新顔から目を逸《そ》らし、その新顔はカウンターの空いた席に腰を落ち着けた。

まずひとつ、新顔の身なりは奇妙だと言えた。

街道を歩いて旅してきたのだろう。靴はそれなりに汚れてくたびれている。しかし荷物ひとつ持っていない。

さらに旅に似つかわしくないのは羽織っている白衣だった。そのうえ埃《ほこり》ひとつついていない。郊外を数時間も歩けば、白い生地がこんなまっさらなままであるわけもない。北方の黄塵《こうじん》がとどく季節でもある。

だがそれより全員が言葉さえ失ったのは、新顔があまりに――驚くほどに――馬鹿げたくらいに――意味が分からない次元で――美女だったからだ。

単に端整であるとか、可愛《かわい》らしいというならそれだけのことだ。男たちも別に、夢でも見たことないなどとまでは思わなかったろう。

その白衣と同じように、そこに存在すること自体が不可能だと感じさせたのは、艶やかな黒髪であったり、傷どころか目印になるような跡ひとつない絹のように滑らかな肌であったり、刃物のごとく鋭くもある大きな瞳、それぞれのせいではない。

すべてが完璧だったからだ。

人体の完成であるかのように。

仮にそれがおもむろにボリボリと尻をかき、なんだこの椅子、本当に座る用か？　機能的に劣っている。このネバつきはなんだ。物質的になんだ……ああ、頭皮か。誰かこれで殴られたのか？　そうか、そこの寝てる奴《やつ》か。頭が割れるほど殴られてよく寝てられるな……あ、三日前からずっと。ふうん。まあ得心はした、などとぶつぶつぼやいたとしても、それがすべて優美に感じられてしまう。

実際そんなようなことを言っているうちに、バーテンダーがテーブルにグラスと水のピッチャーを差し出した。この数年で一度も客に見せたこともない、慎重な手つきで。

「どうぞ」

平静に努めようとしたが、無駄だった。声は明らかに裏返っていた。

しかし新顔はどのみち気にもとめていなかった。グラスに水を注ぎながら、自分の用事だけを淡々と進めていく。

「ところで、ここで人に会うことになっているんだが」

「そうですか……恋人かなにかで？」

別に、だからどうだという問いのはずなのだが、店内には（余計なことを……）の声なきつぶやきが流れた。もう少し夢を見させてくれても良かろうものを、と。

それでも耳をそばだてている聴衆にとって、新顔の返答はどちらかというと的を外したものだった。

「それならもっとマシな場所を選ぶだろう」

しかし当人にとってはそれ以上でも以下でもない話だ。バーテンダーもうなずくしかなかった。

「まあ、それはそうで」

「スカウトというのかな。知人のつてで、面接をしたいそうだ」

話の向きがやや変わった。

どうも尋常な気配でもないと察して、バーテンダーはどうにか頭を切り替えた。

「……それで？」

「なんというのか、それなりに厳格な組織のようでな。人目をはばかるというか、聞いた話の限りでは結構露骨にろくでもないようなんだが……先方の顔も俺は知らん。向こうから接触してくるらしいが。貴様なにか心当たりはないか」

「いえ、特には」

心当たりどころか、なんの話なのかも不明だったのだが。

バーテンダーはそれとは別の違和感にようやく気付いた。もっと先に分かっても良さそうなものだったが。

美しすぎるその客を見つめて、訊《たず》ねる。

「あの。あなた、男性で？」

「当たり前だ。せっかく目を開けてるんなら目の前を見ろ。もしくは酔いを醒《さ》ましてから店を開けろ」

その新顔……彼は、当たり前に断言した。

奇妙なもので失望よりも安堵《あんど》を感じて、バーテンダーは首を振った。

「いえ、酔ってはいませんが」

どちらかというと喉元に突きつけられた刃物を引っ込めてもらったようなものだ。店内の空気も多少は緩んだ。

男は飽くまで無頓着だった。あたりを見回し、口を尖《とが》らせる。それこそ女であれば可愛げにも見えただろう仕草で。

「すれ違いでもしないか落ち着かなくてな。こうして見ても、誰が誰やら」

「向こうさんは、あなたのお顔をご存じで？」

「そのはずだ」

「なら人違いはないでしょう」

というところで、鍋が十分に温まった。

十分に出来たとしても、見た目も味もぎりぎりの代物だったが。こんなものを供して大丈夫かという不安も、バーテンダーからはすっかり失《う》せていた。どろっとした豆スープを器に移してカウンターテーブルに差し出す。

文句どころか躊躇《ちゅうちょ》もなく男は食べ始めた。

こいつは美女ではないどころか、優男でもない。バーテンダーはおおむね納得した。つまり、よくいる客と同じだ。見た目以外は。

これでほとんど平穏がもどった――とバーテンダーが気を取り直した、その時。

「てめえ！」

これまた日常の叫び声が響き渡った。

店の一角だ。入り口近くのテーブル席。厳《いか》つい男たちが酒をあおっていたのだが、中でも一番の巨漢が椅子を立ち、横を通り過ぎようとしていた女の腕を掴《つか》んでいた。

女といっても歳《とし》は少女に近い。それでもこうした荒くれの中にあっても負けていない強気の顔だったが、今は窮地に舌打ちしていた。彼女の手には、恐らく一瞬前までは大男の懐にあったのだろう革袋があった。財布だ。

バーテンダーは経験から、このタイミングが偶然ではないのを分かっていた。店内の注意を引く大きな出来事があって、それが収まって気が緩んだような時、手癖の悪い輩《やから》は好機だと考えるのだ。

巨漢に続いて、その仲間が三人、立ち上がる。

ひとりは素早く回り込んで入り口に立ちふさがった。肉の壁に四方から見下ろされ、すりの女はどうにか震える一歩手前の声音でうめいた。

「いやあ……これは……参ったね」

「お前、奴のところの三下だろ？」

腕を掴んでいる大男が、にやにや笑いで告げる。と、別の仲間がうろ覚えで続けた。

「なんて言ったっけ。大層な名前の……ええと」

「忘れないでよ」

すり女が抗弁する。

「あたしが誰の下で働いてるかを思い出したら、ちょっとここでやり合うのは躊躇《ためら》うんじやない？」

一縷《いちる》の望みにかけて言ったようだったが。

大男たちは鼻で笑った。

「馬鹿か！　俺たちはもうてめえらなんぞ、怖がる必要ねえんだよ！」

「てめえの〝領主〟なんかをな！」

ガタッ……と。

ほんの数分前に、この店の中を一瞬で凍り付かせた時と同じように、椅子を引く音がまた全員の呼吸を止めさせた。

カウンターにいた、例の美しい男だ。彼が立ち上がっていた。騒動の中からたったひとつの言葉に反応して。

みな、再び彼を見た。以前と違うのは、初めて彼がしっかりと人を見つめ返したことだ。凄《すご》むでもなく、もちろん媚《こ》びるわけでもないが。静かにその四人の大男と、その囲みに押しつぶされそうな痩せ女を見据えている。

そして彼だけが合点をしていた。

「なるほど。こういう試験か」

「……は？」

　そのつぶやきの意味を誰も分からない中、声を発したのはなんとなくバーテンダーだったのだが。

　誰がなんと言おうとどうでもいい、とばかり、白衣の男の声には完璧な確信があった。前に進み出る。つぶやきながら。

「全員叩《たた》きのめせと言うんだろう。また随分と――」

　狭い店内だ。そこまで言いかけたところで大男たちのところに着いてしまった。

　まず、女を捕まえていた男の身体が急に折れ曲がった。

　通常であれば、屈《かが》むのであれば腰を曲げる。しかし哀れな大男が身を屈したのは脇と胸の間あたりだった。苦悶《くもん》の声どころか呼吸さえできず、ただその場に打ち倒されてしまう。

　白衣の男は目に捉えるのも難しい速度で、大男の胴に食い込んでいた手刀を引き抜いた。そのまま一番近かった左側の敵、その首と頭蓋骨の間の隙間を指先で貫く。皮膚こそ破れなかったが頸動脈《けいどうみゃく》を塞がれ、そいつはがくっと膝を落とした。立ち眩《くら》みだ。

　頭ひとつ分は高かった大男が頽《くずお》れるのを、白衣の男は膝で蹴り上げた。大男の体重が蹴りに上乗せされ、その威力を朦朧《もうろう》とした脳に食らう。呆気なく男は昏倒《こんとう》した。

　残りのふたりは同時に倒れた。いきなり床に転がされた仲間を見下ろして、そのふたりの顔が下を向いたところを、白衣の男は鼻の下の急所にそれぞれ拳を打ち込んだ。

そして、何事もないようにあとを続けた。

「――――ハードルが低いな。言うより先に片付いた」

「す、すごい……」

見たものが信じらない様子で、すり女がうめく。

みなが呆気に取られる中、正気を保っていたのは倒された男ばかりだったかもしれない。ひとり、最初の男だけはまだかろうじて気を失っていなかった。床に転がって息も絶え絶えだったが、声をあげる。

「舐《な》めた真似して、ただで済むと思ってんのか！」

拳で何度も床を叩き、絶叫した。威勢は先ほどと変わらないが、身体の自由が利かないのでかえって悲愴《ひそう》な様子ではある。

「俺たちには……俺たちにはなあ、もう誰も逆らえねえんだよ！」

「そうか。実際逆らわれた後に非論理的としか言いようのない言動だが」

白衣の男は取り合わなかったが。

周囲の眼差《まなざ》しに、反対の意識を読み取ってはいた。つまり、論理ではなく……みんなどちらかといえば大男たちのほうに同意していると。

すり女もだ。白衣の男の袖を引いて、口早に囁《ささや》いた。

「……ひとまず、この場はバレたほうがいいよ」

「出ろということか。まあ俺としても長居する理由はないが。だがなんだろうな。怪しい組織だとは聞いていたがガラが悪くないか」

「クッソ、あいつら、すっかり調子こいてんだよ。いや、もう大丈夫。あんたが来てくれれば……ついて来てくれれば、あたしが損はさせないよ」

と、言うだけ言って返事も聞かず、逃げるように入り口から出ていく。

白衣の男もあとに続いた。怪訝《けげん》に首を傾《かし》げながら。

「まあ時間を無駄にせんのはいいことだとは思うが」

彼が表に出た時には、すり女は既に駆け出していた。足が速い。白衣の男が特に急いでいなかったせいもあるがあっと言う間に置いてきぼりになっていた。

「おっと、まずい」

もちろん女は、その奇妙な白衣の男を置き去りにするつもりは毛頭なかった。慌てて足を止め、振り返る。だが後方、酒場の玄関まで見やってもそこには誰もいない。

はっと気配を感じて、跳び退《の》いた。そして改めてぞっとした顔で、いつの間にか女を追い抜いていた白衣の男を見つめた。

彼は息も切らせていない。落ち着いて問いただした。

「一応訊《き》いておくが。貴様は領主なる奴の、手下のスカウトなんだな？」

「う、うん」

女は即答した。それは間違いないことではあったから。

そして問い返した。

「ええと、とりあえずあんた……名前は？」

「何故知らない。スカウトのくせに。まあいいが」

不服そうに白衣の男が名乗った。

「コミクロンだ。相棒とは違って名前はひとつしかない」


――そしてその時、本来の正しい『領主のスカウト』は、その場からかなり離れた丘の上にいた。

ふたりいた。ひとりは双眼鏡を構えて一通りの騒動を覗《のぞ》いていた。もうひとりはその隣で腕組みして立っている。

双眼鏡のほうは明らかに動揺していた。冷や汗を浮かべ、うめいている。

「なあ」

「なんだ」

もうひとりは対照的に落ち着き払っている。黒いマントに長い黒髪と、黒ずくめという出《い》で立《た》ちの男だ。

それを横目で見上げて、スカウトは訊ねた。

「連れ去られちゃってないか。よく分からないチンピラに」

黒髪の男はきっぱりとかぶりを振った。

「いいや。よく見ろ。連れ去られてはいない。自分でついていっている」

「いや、それならいいかってならないだろ。俺まだ会えてないんだから。あいつを最接近領にスカウトすんのが任務だろ？　あれ武装盗賊かなんかだろ。まさか、あれをスカウトと間違えてんのか？　盗賊団に入っちゃうぞ、これほっとくと」

「問題ない。どうあれ奴はやり遂げる」

断言する仲間に、スカウトは長いため息をついた。

「……なあ、ユイス」

「なんだ」

「長いことチャイルドマン教室を内偵して、お前の判断は……あいつなのか。あれが、領主様に仕えるべき人材なのか？」

コミクロンのことだ。

あからさまな疑念にさらされても、ユイスと呼ばれた男は揺らぎもしなかった。

「というより、奴以外は使い物にならない」

スカウトは納得せずとも反論を呑《の》んだ。双眼鏡を懐に入れる。もうコミクロンと盗賊の姿は視界から消えていた。

苦々しくスカウトはうめいた。

「まあ、チャイルドマン教室も、ふたりも行方知れずだそうだしな……いつの話だったか」

「四年前だ。アザリーは天人種族の遺物で怪物化し、キリランシェロはそのショックで出奔した。が、どのみちこのふたりがまだドロップアウトせずにいたとしてもコミクロンほどの才覚はない」

即座にユイスが言うものの、スカウトは疑わしく返した。

「……そうなのか？　キリランシェロってのは鋼《はがね》の後継《こうけい》だったんだろう。十三使徒も目をつけていたとか」

「最年少の十三使徒入り。そんな露骨な餌でつけ込まれるのは、まさに子供だったからだ。向こうにしてみれば単に《塔《とう》》への嫌がらせだろう。切り崩すのが目的なら弱いところから手をつける」

数年も潜伏していた《牙《きば》の塔》の話なのだが、ユイスの声に迷いは見られなかった。単に筋書きを語るだけの調子で続ける。

「切り崩されるまでもなく自壊したがな。アザリーのような不安定分子を枷《かせ》もなく放任していた以上、遅かれ早かれこうなっていた」

ユイスのその態度を、スカウトは苦い顔で観察していた。ただスカウトが苛立《いらだ》っていたのは、単にこの仲間の人間離れした動じなさのせいだけではない。

状況は切迫しているのだった。頭を掻《か》いて、今さらの話をわざわざ口に出すほどに。

「猶予はもうないんだ。結界は今にも破壊される。それより先に聖域を掌握する戦力の確保は……」

「どんな作戦であれ、我々には誰よりも、コミクロンが必要だ」

「じゃあどうするんだよ。そのコミクロンから最接近領の話が山賊に漏れたら、皆殺しにするしかねえぞ」

「すればいいだろう別に」

そんなことについてもユイスは淡々と言うだけだったが。

スカウトはもう一度、ゆっくりと息をついた。

「それがなあ……細かい情勢なんぞお前は気にしたこともないんだろうが、ここんとこ、ここいらの武装盗賊どもの事情はチクッと懸念アリなんだ」

「懸念?」

「このへんは武装盗賊がいくつか集まって何年も縄張り争いが続いてたんだが、その盗賊団のひとつに、バケモノみてえな手練《てだ》れが加わったとか。ふざけた名前のな。はぐれ魔術士らしい」

この地域の諜報《ちようほう》は、彼ひとりで行っているわけではもちろんない。

他の仲間の報告にあった名前を思い出して、スカウトはつぶやいた。

「確か、オーフェンとかいう輩だ」

「聞いたこともないし、所詮はモグリの術士だろう。問題ない」

ユイスは簡単に宣言した。

「せっかくだから、すべて片づけていこう。この地域の不穏要素は消す」

「…………」

どう言っても重心の変わらない相手に、スカウトはどうにか一致点を見つけた。

任務に対する実用性だ。この若造の、なにかがすっぽ抜けているくせに異様に執念深い言動にうんざりさせられたとしても、言っていることはある種の正論ではある。結局どうあれ、やらねばならないことはやらねばならないのだ。

「……なら案外、あいつが賊に潜り込んだのは利用できるかもなあ。どうせ実力は見せてもらわにゃならねえんだ。そのオーフェンとやらを始末してもらうか」

「簡単だろう。奴は常に完璧だ」

「早いとこ、それに同意できるようになりたいもんだ」

スカウトは愚痴を最後に、頭を仕事に切り替えた。

2

「ここがあたしたちの基地よ」

賊が指し示したものを見て、コミクロンはしばし無言だった。

「ふうむ」

首を傾げて訊ねる。

「……騎士団並みの戦力を備えた秘密組織のアジトがこれか？」

彼の勘違いはともかくとして、単に山奥の武装盗賊のねぐらとしてであれば、それはそんなものだったろう。

ひとつの建物ではなく、集落というほうが近い。狭い範囲に無数のあばら屋が立ち並び、柱や壁を共有するのでひとつながりの建造物に見える。大風でも吹けば二、三軒は潰れるだろうし、実際そうして潰れた残骸の上に別の小屋が建てられている箇所もある——建てられてから潰れたのかもしれないが。

ともあれ女盗賊は、コミクロンの言いぐさに顔をしかめた。

「ボスは二十年前から、ここいらを取り仕切ってんのよ」

「〝領地〟は二百年前からあると聞いたが」

「じゃあそんくらいかも。あたしの生まれる前なんかよく知らないしね。でもあたしらの土地よ。好きに生きて、明日を望むためのね。厄介ごとばかりだけど……」

「まあ明日は欲しかろうな。使命を思えば」

最接近領は秘密組織だ。その人員、武力はドラゴン種族との折衝のため用意されている。フェンリルの森に閉ざされた、キエサルヒマの文字通りの深奥たる聖域。

ドラゴン種族のすべての支配装置であり、大陸の大いなる心臓だが、ドラゴン種族が表舞台から去ってから久しく、人間種族には聖域の実態すら定かではない。

本来であれば貴族連盟はドラゴン種族の後継を自負し、その権能において大陸の治安を担うとされた。それは貴族連盟の祖である王家がドラゴン種族と親密であったからだ。人間の魔術士が誕生したのはこの血筋からとも言われる。

しかしその後の歴史では魔術士狩りが行われ、王家と魔術士は決定的に決別した。この際、ドラゴン種族と王家もまた関係を絶たれたとされる。

この経緯については事態の混乱もあり、判然としない箇所どころか矛盾まである。そして秘密もある。まさに貴族連盟の機密中の機密である最接近領は表の歴史で語られたことはないが、コミクロンはそのスカウトを受けるにあたってその程度の簡単なレクチャーは受けていた。

コミクロンが現れると、その〝領地〟の盗賊たちは当然ざわついた。

めいめいの小屋で暇を潰していた連中が、手を止めてぽかんと見とれる。ナイフを投げては受け止めていた厳つい男は、受け取りそこねた刃物がつま先に突き刺さってもなお気づかなかった。部屋で敷き藁《わら》を整えていた男は、窓下を通り過ぎるコミクロンの姿を追い過ぎて転落したし、缶に入れた松ヤニを煮ていた男は目を離しているうちにそれが発火してあごひげを焦がした。

「お、おい。ケイト」

そんな連中のひとりに盗賊が呼び止められた。

「なによ?」

なにを訊かれるかは分かりきっていたろうが、ケイトと呼ばれたその盗賊が返事する。

盗賊は動物のような無遠慮さでまじまじとコミクロンを見やった。

「な、なんだこれ。戦利品か？　持ってったらすぐボ、ボスのもんになっちまうのか？　ならその前にちょっと――」

「客人だよ」

うんざりと、ケイトが仲間を押し退ける。

といってもひとりが訊きにいったことで、あちこちからぞろぞろと盗賊が集まり、周りを取り囲んでいた。

「客？　どのみちボスのもんか？」

「俺たちにはなんもなしか？」

「結婚してください」

「ちょ、ちょっとだけ。ちょっとだけだからよ。マジかよ。ケイト、お前なんかとは全然違う――」

「うっせえなアホども！　分かってんだろ！　全部、最初にボスが見てから！　どんなこともそっから！　そんでどうなっても文句もなし！」

ケイトの怒声にしぶしぶ、盗賊たちが道を開ける。

「ごめん。不安にさせた？」

腹立ちまぎれに気遣うケイトに、コミクロンは答えた。

「まあある意味不安にはなった。本当にここの戦力で大陸の命運を決するつもりか？」

「大陸？　まあとにかく、難しいことは全部ボスの役目なんよ」

「そこまで難しい話だろうか。破滅を食い止めるというだけだが」

見解の相違はともかく、アジトへと進んでいく。

分け入っていくにつれ、より建物らしくはなっていった。少なくとも土台を平らに、まともな風雨に耐えられそうな出来には。中庭……といっていいのか分からないが、その一番奥に玄関らしき門がある。

「ここが最初に建てられた箇所だな」

なんの気なしにコミクロンはつぶやいた。

「うん？」

首を傾げるケイトに続ける。

「いや最初かは分からんが、建て増しじゃない。一貫した設計思想で建てられてるのはここだけだ。裏手は崖だし、入り口はそこだけで周りの棟は二階の窓しかない。窓に射撃手を並べれば襲撃者は一網打尽だ」

「ああ。このへんは、ボスの一番お気に入りの部下が詰めてんの」

「お前はそうじゃないのか？」

「へへっ。もうじきよ」

　ケイトは笑ったが、その目には本気さものぞいた。

　玄関に着くより先に窓のひとつから顔がのぞいた。だが、さっきのような好奇の目とは違う。暗い顔をした髭面《ひげづら》の男だった。

「そこで停《と》まれ」

「へい」

　これもさっきと違い、ケイトはすぐに従った。立ち止まると腕を伸ばして、コミクロンを押しとどめる。

　窓の男が続けて訊ねた。

「用事を言え」

「……ボスにお目通りを。こいつを」

と、コミクロンを指し示す。といってもわざわざ強調するまでもなく目についてはいただろうが。

「ナリはともかくとして、すげえ腕っぷしです。きっと例の奴にも勝てる」

「本気か？」

窓の男は疑わしいようだった。

「あのはぐれ魔術士のために何十人と雇ったが、かかっていって誰も帰ってこなかった。みんな金も受け取らずに逃げちまったほどだ」

「ええ。存じてます。それでもこいつは別格です」

「はぐれ魔術士？」

コミクロンは口を挟んだ。

「なんで魔術士くずれなんぞに手こずることがある。コルゴ……いや、なんて言ったかな。そうだ。ここではユイスか。あいつはどうした」

「？」

盗賊たちは話が分からなかったが、とりあえず聞き流した。

窓の男が手を振る。他の仲間に合図したようだった。

「まあいい。大口を叩くなら、ボスを相手にしてくれ。どのみち人手は不足してる」

玄関の扉から重い錠を外す金属音が響くと、ゆっくりと開いていく。

石と木を組み合わせた、城砦《じょうさい》のような扉だ。中から数人で押し開けていた。どれも筋骨隆々の大男たちだ。

ケイトに連れられてコミクロンは建物に入っていった。

とはいえケイトもまたここに入ったのは初めてのようだった。ホールに足を踏み入れたところで、途端に足が鈍る。

「ええっと……」

盗賊はあたりを見回した。声をかけるのだが、振り返ると扉はもう閉まっており、そして開閉係の姿も見当たらない。

ホールは左右の棟に通じる通路があり、恐らく右側に行けばさっきの窓の男に会えるのだろう。しかし明らかに正しい道順に思えるのは左右どちらでもなく、奥だった。登りの階段があり、通路があり、そこはカーテンで覆われている。

戸惑うケイトをコミクロンは見ていたが、数秒もすると飽きた。さっさと階段を登っていく。ケイトが迷ったのは道順をというより、なんのきっかけもなしに上がり込んでしまって良いのかどうか分からなかったからだろう。コミクロンは気にしなかった。

「領主とやらに会いに来た！」

声をあげる。

「どうもここまで、無駄が多すぎる。天才の時間を無駄遣いするな。スカウトしたのはそっちだ。雇うなら雇うでさっさと決めろ」

「うわああああ！」

あまりの無遠慮に、ケイトが悲鳴を発した。

どうにか追い付いてコミクロンを制止しようとしたのだが。

それより先にカーテンが開いた。

そこから姿を現した男に、ケイトは素早くひれ伏した。

「す、すいやせん！　こいつ、仕組みってもんをよく分かってねえみてえで！」

「俺に分からない仕組みが存在するか」

コミクロンは冷静に告げた。

現れた男を腕組みして見上げる。

「お前が領主か。命運の尽きたこの世界の回復を担う。そのわりには……」

と、相手を観察して眉根を寄せた。

「思ってたのと違うな」

貴族連盟の用意した対聖域・独立秘密諜報外交部隊、最接近領。

今では独立が過ぎて敵対すらしているという。

弱体化した貴族連盟とはいえ、王立治安構想は現在でも大陸最強の武力ではある。大陸魔術士同盟ですら基本的には恭順し、宮廷魔術士という形で構成員を差し出してきた。そして今では王都のスクールは《牙の塔》をも凌駕《りょうが》する高水準の魔術士を輩出している。

最接近領は王立治安構想を脱し、秘密裏に活動を続けている。その司令官である〝領主〟――

そう思って出くわしたその相手の第一印象は、一言でいえば基本的に山猿だった。

まず、でかい。身の丈はもとより幅もある。筋肉が骨格にまとまり切らずに姿勢もずんぐりしている。服のサイズに苦心しているのかもしれない。下着の上にそのまま毛皮をまとっているような格好だった。

日焼けというより薄汚れた浅黒い肌は新旧問わずの傷だらけで、毛深い上からでもかなり目立つ。顔はひとことで言えば厳つく、突き出た額とぎょろりとした眼《め》が、人類よりも肉食の獣に近い印象を与えていた。

屋内、しかも自分の家だというのに腰に手斧《ちような》を二丁ぶら下げている。作業用ではなく、やや薄身で肉抜きもある戦闘用の斧《おの》だ。微妙に波打った形状の刃は傷を複雑にするだけではなく、切れ味を損ないにくくするための工夫だろう。

それらの要素を一瞬で観察して、コミクロンはその次の一瞬で既に興味を失っていた。特筆するほどのことはなかった。ただのゴロツキだと見切った。

「俺が領主だ。ここいら一帯の主だ。誰もが認める」

その山賊の頭領は胸を張って断言した。

だがコミクロンを目にとめて違和感を覚えたようだった。それは見た目美女であるからとか、知らない顔だったからというよりも、領主たる自分に対して腕組みしてふんぞり返っているからというだけだったかもしれない。

領主はケイトのほうに訊ねた。

「なんだこの女は。えらいべっぴんだが……痩せすぎちゃいねえか。俺ァ別にツラにゃ興味ねえんだ。メスの出来のほうが……」

手をくねくねさせて表現しようとする領主にこっそり不快な目を投げながら、ケイトは告げた。

「いえ、男です。多分」

その言い草にコミクロンは顔をしかめる。

「なにが多分か。見れば分かるものを見て分からん奴が多すぎる」

ケイトは無視して領主に続けた。

「でも、奴らの兵隊をあっちゅう間にやっつけるくらいで」

ふん、と領主はにべもなかった。

「そんなもん俺だってできる」

「ホントにあっちゅう間なんすよ！　『あっ！』ていう。文字通り！」

「こいつがかあ？」

なおも疑う領主に、ケイトはいよいよ切り札とばかり、囁きかけた。

「例の輩にだって……負けてないかと」

それを聞いて領主の表情が変わる。

改めてコミクロンを見下ろした。

「奴は魔術士だぞ」

「分かっているだろうが、俺も魔術士だ」

彼らの会話に、コミクロンはうんざりと念を押した。

しかし盗賊たちはぽかんとするのみだ。

わけが分からない。コミクロンは軽く額を押さえてこぼした。

「分かってないのか。どうなってる。コルゴンは俺をどう説明したんだ。天才か。天才だという以外なにも伝えてないのか」

「お前が魔術士ってんなら――」

領主が言い終わるのをコミクロンは待たなかった。

鋭く囁く。

「8―13―5」

その言葉と同時に。

「…………っ⁉」

コミクロンに向かい合おうとしていた領主の動きが、突然止められた。

そのまま固まった領主に、コミクロンは淡々と告げた。

「専門は魔術による人体制御だ」

「なにを……したんだ？」

「通常、他人を直接縛ることは難しい。俗に黒魔術と呼ばれる俺たちの術は、精神体……まあこれも俗称だが、とにかくそれに直《じか》に干渉することが極端に苦手だ」

冷や汗を浮かべてうめく領主に、コミクロンは気楽に答えた。

「俺がやったのは、お前に触れている空気の圧力をわずかに増した。それだけならなんのことはない。箇所と向きにコツがいる。人間は重力と地面に挟まれる、脆《もろ》い竹細工だ。関節が少しずれても動けない」

「……なるほど。解いてくれるか？」

「もう解けている」

「へ？」

言われて初めて、領主は自分が動けるようになっていることに気が付いた。身体を石にでも変えられたかと思ったほどだったのに、まるで暗示から解けたかのようにまったく問題なくなっている。

　コミクロンはそのまま種明かしした。

「予期せず動きを封じられると、人間は大抵、自ら動こうとしなくなる。説明されなければなにをされたか把握しづらいというのがこの術のキモだ」

「……俺たちには話していいのか」

「別にお前ら相手なら、こんなややこしいことをせんでも軽めの熱衝撃波で吹っ飛ばしたほうがいい」

「………………」

　領主はさっきまでとはまったく違う目で、コミクロンを見据えた。

　破顔一笑、可能な限りの愛想を浮かべて名乗りをあげる。

「俺はこの、ボンボン山の領主、バーラン・ウィンクルだ」

「ボンボン山？」

「ボスの名付けた、ここいらの地名」

　小声でケイトが耳打ちする。

　なんだかな、と首を傾げながら、コミクロンはうなずいた。

「なるほど。最接近領というのもけったいな呼び名だと思っていたが、実際の組織名を聞けば、まだそっちを使うのは分からんでもない」

ひとしきり納得してから改めて言い直す。

「では合格ということか。随分あっさりしたものだな」

「人手が不足していてな」

「まあ手が足りないのは承知している」

「ヘッへッ。ご存じで」

揉《も》み手《て》などしながら、領主バーランは取り入るように回り込んだ。

「ちょうどカミナリ谷の奴らが、はぐれ魔術士を引き入れて調子に乗ってんだ。こっちの手勢は随分減らされた」

「殺されたのか」

「いや……そうじゃねえんだけど。なんつうか、本当に子ども扱いなんだ。殺し合いにすらならねえ。モグリの魔術士は見たことないわけじゃないが、あれほどってのは信じがたい」

強調するバーランに、今度はコミクロンが疑わしくうめいた。

「どれほどか知らんが、この天才に匹敵するような魔術士は多くない。確率の問題以前にそんな凄腕が盗賊風情の用心棒に堕《お》ちるわけもないしな。運命のいたずらか、よほどの間抜けでもあり得ん」

「……はあ」

バーランとケイトが似たような声をあげる。

コミクロンは腕組みして訊ねた。

「どうも状況が腑《ふ》に落ちん。とりあえず、ユイスはどこだ。奴に問いただす。面接には奴も居合わせると思っていたんだが」

「……ユイス？」

きょとんとするふたりにコミクロンはますます顔をしかめる。

「なんだ。それも偽名なのか。いくつも名前を使い分けてるとか言ってたが、なんでそんなことするんだ。アホなのか。いやアホではあるんだ」

「どういう奴のことなんで？」

と訊き返してくるケイトに、コミクロンは特徴をあげていった。

「お前らが《牙の塔》に送り込んだスパイだ。何年も潜伏していた」

「なんの話だか――」

言いかけたバーランを、ケイトが素早く「シッ！」と制止する。

そして誤魔化すように重ねて訊いた。

「他に特徴は？」

「そんなのが何人もいるとは思えないが。ええとだな。とにかく陰気ヅラだ」

「それで？」

「不愛想だ」

「……もひとつくらいは？」

「表情が死に絶えている」

「全部同じじゃねえかなあ」

バーランのぼやきを、今度はケイトも止められなかったが。

コミクロンはどうでもよさそうに付け加えた。

「ああ……あと、大陸有数の戦闘力を備えた魔術士で、専門は殺人術だ。数百メートルの距離で魔術を使わず人体を粉砕する技術に長《た》けている」

「急にすげえの出てきた」

「いやそういうのより……外見は？　髪型とか背格好とか」

問うケイトに、コミクロンは懐からメモ帳を取り出して軽くペンを走らせた。妙に精緻な似顔絵が瞬く間に出来上がる。

「こんなだ。実物はこの十倍野暮な空気を発していて、かかわった者すべてを退屈させる。下手をすれば致死量だ」

「へえぇ……」

ケイトはメモ帳からその一枚を剥ぎ取って、じっくり眺めた。

「なんだ、こいつのことかあ」

「知ってるのか？」

これもバーランだが、ケイトは無視する。

「実はこいつ、もう次の仕事に取り掛かってるのよ。厄介なヤマで。もうもどって来られないかもしれない」

「それはあり得ない」

「……ん？」

「奴は天才ではないが完成された魔術士だ。どんな状況もやり遂げる。でなければ俺はここに来ない」

「なんで」

「奴がやり遂げられんのならこの世界は終わりになる。こんなこと言われるまでもないだろうが」

というコミクロンの言葉に、明らかに山賊ふたりは困惑していたが。

とにかくケイトはすぐに取り繕った。

「ああ……まあ、そうなんだ。うん。まあとにかく。時間はかかるから、しばらくもどって来られそうにない」

「ふむ」

「だからぁ。その前にあんたには別の仕事を片付けてもらいたいの」

「そういうものだろうな」

同意するコミクロンから、ケイトはボスのほうに目配せをする。

さすがにバーランも理解したようだった。

しかし咄嗟《とっさ》に続きを考えるには、仕事内容がやや微妙だとは察したようではある。

「ええと、そうなんだ。やって欲しいのはな、ちょっとおかしな話に聞こえるかもしれねえんだが……その、世界を守るわけだけどな、いささか法に触れるっつうか、一見そう見えちゃう的な――」

「当たり前だろう」

コミクロンはあっさり断言した。

「俺はこの最接近領が、大陸の現秩序を破壊し尽くして全勢力を制圧するためにスカウトされたんじゃないのか。不法行為にいちいち怖《お》じ気《け》づくか。さっきから、今さらなにを言っている」

「…………」

ふたりの賊は再び目を見合わせ、一瞬、自分たちがなにを抱き込もうとしているのか嫌な予感を分け合ったのだが。

残念ながらそれを呑み込んでしまった。

3

「なるほど、あれは騎士団の輸送隊だな」

コミクロンはほぼ一目でそう断言した。

山道を案内してきたケイトが、一応確かめる。

「……なんで言い切れるの？」

「車輪の歪《ゆが》み具合から荷の重量が分かる。比重を計算すると貨物の大半は金属だ。あれだけの量の武装を白昼堂々運ぶのは派遣警察隊以外にまずあり得ない」

「へ、へえ」

すらすら言われた内容にはケイトはまだ半信半疑という顔だったが。

とはいえ、彼女自身がここに案内してきたのだ。騎士団の輸送スケジュールを聞き出して、計画は数日前から練っていた。だから実際には確認するまでもなかった。しかしこの得体の知れない新顔は、なにかひとつ訊ねれば必ず怒涛《どとう》の勢いで根拠を説明してくれる。まだ出会って一日も経《た》っていないのだがそれが少し癖になっていた。

谷間の道を見下ろす岩場にふたり身を隠し、ゆっくり進む輸送隊をさらに観察する。

馬を二頭つないだ馬車は、かなり頑丈な造りだ。完全に密封されて中身は見えない。しかしそれ自体が荷の重要性を喧伝《けんでん》しているとも言える。馬二頭で引ける重量ではないのだろう。人間も引き押しに加わっている。

ただの荷役ではない。明らかに素人《しろうと》ではないしっかりした足取りの男や女が二十名。この数のきりの良さも、騎士団らしいといえばらしい。

「計画はあるのか？」

初めてコミクロンから問われて、ケイトは戸惑った。

しかし計画はある。かねてから狙っていた、乾坤一擲《けんこんいってき》の計画だ。

「うん、もちろん」

輸送馬車が進む道の行く手を指さす。

「待ち伏せを用意してる。五人。奴らの足を止めたところであたしたちが後ろから挟撃する」

「やめたほうがいいな」

コミクロンは即答した。

その顔を見やると、問うたように見えてその返答を予測していたのは明らかだった。

淡々と続ける。

「犠牲が出る」

「そんなもん――」

「手勢が減っているんだろう。武器など奪ったところで、使う手が足りないようなら無用の長物だ」

「………」

ケイトはしばらく考えてから虚勢を張った。

「ハッ。騎士がどれだけのもんだっての。用意した仲間は手練れぞろいよ。おいそれと負けやしない」

「いや、おいそれと皆殺しだな。どの程度の兵士を用意して言っているのか知らんが、言うまでもなく騎士団というのは精鋭中の精鋭だ。派遣警察騎士団の利点はいくつかあるだろうが、主に装備だな。至近の拳銃は厄介だ。当たれば内臓に穴が開く。こうした閉所では最も有効に働く武器だ」

「あたしのスリングブレードは敵を近づけさせない」

「スリングブレード？」

これはさすがに正真正銘、問いだった。

にやりとしてケイトは自慢の武器を見せつけた。手首の鞘《さや》から紐《ひも》につながれた短剣を取り外してぶら下げる。紐は三メートルほどもあるが、ケイトは器用に取り回して手首のひとひねりでその短剣を手の中に飛び込ませた。

「間合いの中ならどこにだって、あたしはこいつを投げ込める。まばたきの間にひとり殺せる」

「残り十九人は？」

「そのための奇襲でしょ」

「こんな、露骨に挟み撃ちのこと以外思い浮かびようのない地形で前方に敵が現れたら、後方を気にせずにいられるだろうか」

「じゃあ、どうすんの！」

「崖でも崩して全員生き埋めにするのが一番容易だが」

当たり前にコミクロンは言ったが、ケイトは反論した。

「その後どうやってブツを奪うのよ」

「それはそうだな。まあ天才としてはスマートにいきたい。向こう何十日も土砂を掘り返すのに付き合わされるのはいささか不服だ」

「……考えがあるのね？」

「考えがなかったことがない。なくす方法ってあるのか？」

と、コミクロンはひょいと首を伸ばして、あたりを目測した。

「高さは……こんなものか。角度と距離……ふむ。枝が……キノコが四個」

「キノコ？」

「すべての要素が重要だ。危険が過ぎてもいけないし、安全過ぎてもいかん」

「いや、なにをするのか先に説明して――」

ケイトの言葉が終わるのを待たずに。

コミクロンは軽い足取りで崖から飛び下りた。

気軽に飛び込んだわりには、華麗とはいかない。

むしろかけ離れていた。崖は十メートル以上はあったが、コミクロンは真っ先に身体のバランスを崩して頭から落下し、途中の岩肌や斜面に激突して何度も跳ね返った。悲鳴をあげたので騎士たちも気づき、崖を見上げる。

突然のことにケイトは身を隠せず、騎士が叫ぶのが聞こえた。

「誰かいるぞ！」

慌てて頭を引っ込める。騎士たちは馬車を停め、ただちに警戒態勢に移った。奇襲のポイントまではまだ間がある。仮に仲間が助けに来てくれるにせよ――その見込みがあるとも思えなかったが――、時間がかかる。

もっとも、ケイトが身に不安を感じていたわけではない。なにしろ崖の上だ。逃げるのは簡単だった。

問題はコミクロンで、彼はその時には壊れた人形のような有様で一番下まで転げ落ちていた。見るからに重傷を負っている。

騎士がふたり、駆け寄っていった。

「なんだ……？」

正体が分からないため、武器に手をかけながら。

コミクロンの状態は、控えめにいっても動けそうにはなかった。足も折れ、頭から血まみれだ。

だがかろうじて声が出せた。震えながら手を伸ばす。まだ生きていると分かって騎士たちはコミクロンに呼びかけた。

「どうしたんだ。なにがあった！」

「お……追いかけ……られて……」

「こんな場所で……？　ふもとの村人か？」

「そう……ああ……けだぱれんぽ……えなれたたた」

「おい。大丈夫か。おい！」

騎士はコミクロンを抱え起こし、仲間のひとりに呼びかけた。

「来てくれ！　これ、助かるのか？」

禿《は》げ頭の男が駆け寄ってくる。騎士たち同様武装をしているが、医者なのか、他の騎士たちは彼に任せて手を出さないつもりのようだった。

医者が屈みこんでコミクロンを診ようとしたその時に。

コミクロンは騎士の手をすり抜けて、すっと立ち上がった。

「…………？」

きょとんとする一同を横目に、コミクロンは一息で移動していた。全力の跳躍。馬車の屋根に飛び乗る。

即座に叫んだ。

「17―4―78！」

重力制御の大術が瞬時に発動する。

馬車から荷台だけを剥ぎ取り、宙に浮かび上がった。緩い速度ではない。一気に崖上まで飛び上がるほどの勢いだ。

というより実際、崖上まで荷台が飛び上がった。コミクロンも乗せて、騎士たちの手の届かない場所に荷台を着地させる。

置き去りにされた騎士たちを見下ろして――

その人数を即座に見て取ったわけではなかったが。

コミクロンは気づいた。敵の数が足りない。

そして荷台の上に、どすんとひとり、追っ手が飛び乗ってくるのを見つけた。

さっきの禿げ頭の男だ。コミクロンを見据え、腰の剣に手をかけている。

この男も崖下から飛び上がってきたのだ。無論、常人に可能なことではない。

身構えて、コミクロンはつぶやいた。

「……なるほど。医者ではなく魔術士か」

対峙《たいじ》して男は面白くもなさそうに名乗ってみせた。

「十三使徒のシーク・マリスクだ。お前も名無しのレベルではなさそうだが。あの治癒術の発動速度は常軌を逸していた」

「単なる天才だ」

「山賊についていると噂のはぐれ魔術士か。とすれば確かに、山賊や騎士たち相手に幅を利かせるのは納得できる」

「違う。が、名乗る気もない。天才だとだけ知るがいい」

コミクロンの答えに。

シーク・マリスクなる魔術士は抜刀した。

抜き打ちの一閃《いっせん》。速度も狙いも一切の容赦がない。間違いなく、はぐれ魔術士への対処のために寄越《よこ》された手練れだろうと知れた。

コミクロンは跳び退いて荷台から降りた。まったく間を置かず追撃をしてくるシークの剣をかわし、その間にあたりを把握する。

道なき崖上だ。足場は良いはずもない。鋭い岩の上をコミクロンは次々に駆けていった。四、五歩の間には地形を一周し、すべての高低差と角度を頭に入れた。それはシークも同じだろう。

その上で、コミクロンは声をあげた。

「6―4！」

足元に衝撃波を叩きつける。

それほどの威力ではない。岩のいくつかが不安定に揺れたが、動かすほどではない。ほんの半秒、足場に異変が起こることにはなる。

シークにとっては異変だが、コミクロンはその変化もすべて計算通りだった。

ほんの半秒。たった一歩だけの差だが、シークの踏み込みの勢いを削《そ》ぎ、コミクロンは間合いの不利を回復した。

シークの振ろうとしていた剣の内側へと入り込む。左腕の肘と腱《けん》を掴み、ひねった。シークが本来振ろうとしていた動きに反する角度へ。シークは己の腕力で自ら腕を傷つけたようなものだ。左手の支持を不意に失った剣はすっぽ抜けて、シークの手から離れ飛んでいった。

得物を失ったシークに、コミクロンは拳を放った。シークは身をよじってかわし、跳び退《しさ》って息をついた。

先ほどにも増して殺気を強めた眼差しで、コミクロンを睨《にら》みつける。信じられないというめきを漏らした。

「山賊の用心棒という技量ではない……」

「それは山賊の用心棒ではないからだ」

コミクロンは堂々と告げた。

「最接近領のためにやっている。お前が十三使徒なら、領主に干渉するのは禁じられているはずだ。分かっていなかったのなら退却を許そう」

これははったりも含んでいた。

ごろつき数名からなるずさんな強奪作戦ではなく、もっと強大な戦力が控えていると思わせるための。

シークは目を見開いた。

「最接近領……だと……？」

「ああ、そうだ。領主もいる」

「馬鹿なっ……！」

目に見えて動揺し、シークは表情を険しくした。

そしてすぐさま行動した。その場から崖下に飛び下り――もちろん重力制御して無事に着地したが――、騎士たちを煽《あお》って、緊急事態だ、作戦を立て直すと命令した。

彼らが道を引き返していくのを見送ってコミクロンは、ようやくふうと長い息をついた。

じっとり湿った首を手で撫《な》でる。

「《塔》を出た途端に十三使徒とやり合うことになるとはな。なるほど、やはりそう甘い仕事でもなかったわけだ」

と。

「すっげえ……」

放心し切ったようなつぶやき声が耳に入る。

見やると、ケイトだった。茫然《ぼうぜん》と彼女が見つめているのは、コミクロン……ではなく、岩の間に横たえられた物資の荷だった。

「本当に、簡単にやっちまった。マジか」

「天才のやることは凡人には簡単そうに見える。つまり鍵職人は憂鬱な職業だ」

「で、でででも、無傷じゃん！　あんたもあたしも」

「一応いったん死にかけはしたが」

また下を見やって、コミクロンは指摘したが。

どのみちケイトは興奮してまくしたてるばかりだった。

「なにもかもすごい！　あんたにかかれば全部うまくいく！　これならマジで、あのはぐれ魔術士にも勝てるかも」

「ハッ。こう言ってはなんだがな。今のは世界でも最上級の魔術士のひとりだったんだぞ。

さすがにあれを上回るようなのがそうそういるものか――」

呆《あき》れてコミクロンは手を振ったが。

意識の隅で、背後で小さな音がしたな、とは思っていた。

そしてその記憶を最後に一撃で昏倒した。

4

コミクロンは夢を見た。

昔の夢だった。

真っ先に思ったのは、どうせ夢で見るなら、本当にもっと昔のことでも良かったのではないかということだ。

しかし自分の口から出た言葉で、それがいつの記憶なのかすぐに気づいた。

それは生まれてきて一度も、この時にしか言ったことのない言葉だった。

素数のように。この時この場にしかない。証明のしようもないがただここにあり、ここにしかないと確信できる。

　ちょうど二十日前の二十一時。

《塔》の寮でのことだ。

「じゃあ貴様は、ここの人間じゃないってことか」

「………………」

　この部屋で、ここ小一時間ほどかけてある告白を済ませた相棒は、コミクロンの反応にしばらく沈黙した。

　夢の中ですら、長く感じた静寂だった。

「ここの人間というのは、なんだ」

「つまり」

　察しの悪い相棒の問いに答えるのは、天才のいつもの決まりごとでもある。

　答えられないことなど天才にはあり得ない。のだが。

「貴様は……ここの……人間じゃ、ないってことなんだな」

　まったく意味をなさない返事であったことは自覚していた。だからコルゴンが再び訊いてくるより先に、コミクロンは言い直した。

「お前は、素性を隠してこの《塔》の学生として振る舞ってきたが、名前も嘘《うそ》で、正体はそのなんとかいう不動産の住人である、と。そういうことだな？」

「最接近領だ」

「どうもふざけたというか、意味の分からない地名だな」

「地名ではない。組織名だ」

「ますますわけが分からん」

「だが本拠地の地名でもある。それは《牙の塔》も同じだろう」

「《塔》は違う」

「……なにが違う？」

「ここは俺の――だから、俺はここの人間だ。そして《塔》はここ以外にない」

「話がずれていないか」

「そうだ。ずれてる」

コミクロンはいったん深呼吸して、論理の手がかりをたどった。

動揺というのとはやや違う。

たとえ自分に一番近しい相棒が、何年も周囲を騙《だま》して潜入していた工作員であったことを告白した直後であっても。

天才は動じない。何故なら仮に気づいていなかった事実に直面したとしても、本当は気づいていたはずなのが天才というものだからだ。

考えてみればコルゴンは怪しかった。エリートクラスにいるわりには無欲過ぎたし、ほとんどの相手に隙も見せない。放浪癖のように姿を見せないことも多かった。怪しもうと思えばいくらでも思い当たることはあった。

ただこれまで考えなかっただけだ。彼がここの人間ではないということを。

実際それは、意味のある秘密だったと言えるのだろうか？

今まで空が青いとみんな言ってきたが、実はあれは黄色なのだと。

言われたところで見ている色が変わるわけでもない。

そうなのか、それで？　としか言いようがない。

「というより」

たびたびコミクロンはやるのだが、つい己の独白に対して会話してしまう。天才ゆえのことだが。

「なんで今さらそんなことを言い出したのだ」

「タイミングについては理由がある」

「そうか。まあ貴様のやることには大抵理由があるな」

コミクロンは言いながら、しげしげと相手を見やった。やはり青さは変わらない。

だが違いがあるとすれば、青だと思っていたものが黄色だったとすれば、変化は空ひとつで終わらないのだ。海も、クジャクの羽も、ラピスラズリも。コバルト青やビリジアンブルーなどはどうなるのか。なにもかもが変わってしまうのか。

まさにそういうことなのだろう。とコミクロンは納得だけを先行させた。実際にはまだよく分かっていなかったとしても。天才だからだ。

「俺は、ここの人間以外と話をしたこともあまりないと思っていた」

「そうだったか？」

「厳密には、思っていたわけではなく、そう思ってすらいなかったんだが。《塔》で最も俺の話を聞いたのはお前だろうが、その貴様がここの人間ではないとなって、前提から混乱した」

「……確かに混乱しているようだな。なにを言いたいのか珍しく理解できん」

「先日のベンカッカ星人については理解していたか？」

「完璧に理解していた。大陸の破滅を回避した後は、宇宙からの侵略者対策を講じよう」

「そうだ。いや、そうだった。破滅の話をしていたんだったか」

また話をもどすと、コルゴンはうなずいた。

「タイミングについてはひとつがそれだ。あまり時間がない。俺は帰還を急《せ》かされている。ここでの俺の任務はチャイルドマン教師の監視と内偵だが、その必要がなくなっているし

「長考するとは言わん。数日でいい」

「即断できないのか。選ぶ余地がないと思うが」

「少し考えさせてくれ」

コミクロンの沈黙も、先刻に負けず長かった。

「…………」

「ここにいたところでなにもならないぞ。それ以前に、そもそもこの大陸の命運自体が長くはない。それを回避するための決め手になれるのがお前だ」

「それはそう……なのだろうな」

ドマン教室は誰にとっても脅威とは見られていない」

「奴はまだマシだ。アザリー、キリランシェロは言うまでもないが。レティシャも馬鹿みたいに広い家を買ったと思ったら、そこに引きこもって死んだも同然だ。もはやチャイル

「僻地《へきち》の司書官だろう。不本意だったろうが、このところの成績があれではな……」

《塔》にもどらなくなったし、ハーティアも出ていった」

「アザリーの失踪から四年、もうとっくに教室は機能不全だ。チャイルドマンはほとんど

「どうしてだ」

な」

「だが、俺はもう出るぞ。領主のスカウトと合流する。その気になったら、この地点にある酒場に来い。しばらくは待つが、そうだな……二十日も過ぎれば時間切れだ」

と言って、コルゴンはメモを差し出した。

その気になったら、と彼は言ったが。コミクロンは察していた。相棒は、コミクロンがこの話に乗ることを確信している。何故なら論理的にそれ以外あり得ないからだ。

それはその通りだ。とコミクロンも思った。即断できないわけがない。これだけ明白な条件が揃《そろ》っているのだから。

だがその夢の中では答えられなかったし、結局のところ、二十日経ってもまだその返事を用意できていない。少なくとも、はっきりと断言できるほどには。

目が覚める前に、自分の間違いを訂正した。どうせ夢で見るなら本当にもっと昔のことでも良かったのではないかと思ったが、そんなことはなかった。結局目が覚めてしまうわけだからそんなものは見ないほうがいい。

5

「うーん……」

次に目を開けて真っ先に見えたもの、それは月だった。

すっかり夜だ。コミクロンはすぐには身体を動かさず、ひとつひとつ確かめていった。身体に損傷はない。場所は？　変わっていない。あの崖上だ。一撃で倒され、その場からまったく動かされていなかった。

静かだった。不覚を取ったという思いが一層、沈黙を深くする。

虫の音と、そう遠くないところから聞こえてくるケイトのうめき声がやがて耳障りになった。しかし安堵もする。呼吸の調子から、少なくとも彼女は重傷ではない。ほどなく意識も回復させるだろう。今のところ問題らしい問題を感じない。ただ大きな違和感は、やたらと空気が焦げ臭いことだった。

「ふむ」

コミクロンは未練がましくつぶやいた。

「こんな時はあれだ。大体、俺が目を開けると同時犯人が笑い出して、いったいなにが起こったのか全部べらべらしゃべってくれるものだと思うんだが」

残念なことに誰もいなかった。

コミクロンは起き上がると、焼けた残骸と化した騎士団の荷をすぐに見つけた。

ただ燃やしただけではない。超高熱で中身ごと熔解《ようかい》させている。少なくともこんな山奥では魔術以外には考えられない熱量の仕業だ。魔術でさえかなり感嘆するしかないような手際だが。

「…………?」

より不可解の度を強めて、コミクロンは首を傾げた。

「わけが分からん。ひとつもだ。何者かが俺を一撃で倒し、せっかくの物資を完全に破壊したうえ、特にとどめも刺さずに去っていったわけか」

もちろん、騎士団や十三使徒であるはずはない。

あと考えられるのは、やたらと誰もが噂する例のはぐれ魔術士とやらか。しかし武装盗賊の手下なら騎士団の武器を破壊していくのが解せない。なにより欲しいもののはずだろう。荷は一撃で完全に破壊されている。頑丈な箱の中に、さらに金属製の武器が詰められていた代物をねじれたオブジェにしてしまえるくらいの力量なら、コミクロンと同様に箱ごと運んでいくのも容易だったろうに。

逆にこんなものいらないのなら、横やりを入れてくる必要自体がなかったはずだ。ケイトら最接近領には武器を渡したくないが、カミナリ谷には特に必要ない……そんな微妙なバランスがあるものだろうか。

どうも道理がしっくりこない。

「つまり」

考え抜いた末、コミクロンは結論に辿《たど》り着いた。これ以外にはあり得ない。

「宇宙人か。ついに……ついに地上に攻め込んで来たのか」

「はぐれ魔術士だ！　奴よ！」

跳び起きたケイトが叫ぶ。

コミクロンはきっぱりうなずいた。

「そうか。やはりそいつか。そう思っていた」

「いつもこうなのよ！　出くわしたら倒される。なにもできない。大きな怪我もないけど……」

興奮してまくし立てるケイトに、コミクロンはわざわざ自分の違和感を説明する気もなかったが。

「間違いないのか？　顔を見たか」

念を押すとケイトは何度も首を縦に振った。

「ええ。鬼みたいな凶悪な奴。カミナリ谷の新しい用心棒、オーフェンだった」

「まさかこの天才の不意を突くとは」

「やっぱり駄目なの……奴には敵《かな》わない？」

「言ったろう。不意を突かれただけだ」

と、残骸と化した物資を見やって付け加える。

「とはいえ、あても外れた。この武器でそのカミナリ谷の山賊とやらに優位に立てるはずだったんだろう」

「うん……まあ、騎士団の駐屯地に運ばれなかっただけ良かったけど。奴らが強くなったらここいらはおしまいだもの」

「カミナリ谷の手にも渡らなかった」

「そうね」

落ち着いてきたケイトに、コミクロンは問いただした。

「実際、どうなんだ。我々とカミナリ谷の戦力差というのは」

「そりゃあ、まあ」

答えかけてケイトは、反射的にあたりを見回した。他に誰もいないのだが、仲間にも聞かれたくない意見なのだろう。

「前はともかく、今じゃすっかり数で負けてるし、それに……こう言っちゃなんだけど、あたしたちのカシラにゃ人望がない」

「まあそれは一目瞭然だった」

「前までは、力が拮抗《きっこう》してたから問題じゃなかった。でもバランスが崩れてなにもかも悪いほうにばっかり。うちらは大所帯で幅を利かせてただけに、ほとぼり冷めるまでちょっとトンズラってわけにもいかない」

「え？」

天を振り仰ぐケイトに、コミクロンは告げた。

「まあ今日日、見通しの明るい奴もそういないだろう。数年以内に滅びようって状況で」

思わずうめくケイトだが、コミクロンは気にせず続ける。

「ひとまずはおしまいだ。失敗した」

「じゃあ次は……どうすんの？」

「分からん」

夜空を見上げる。

途方に暮れて星を数えた。いくつくらい数えたら起き上がる気になるだろうかと思いながら。

「最接近領の領主なる男は先見の明がある男だと、俺の相棒は言っていた。ここはひとつ領主の判断をうかがってみるか。さすがになんの助けにもならんことはないだろう」

「もう駄目だあああああ！　おしまいだあああああああああああ！」

泣き叫んで床を転げまわる領主を、コミクロンとケイトは無言で眺めた。

ふたりが報告にもどった時には、そもそもなにも言うまでもなく領主はこの状態だった。待ち伏せをするはずだった五人が、先にはぐれ魔術士に蹴散らされて逃げかえっていたからだ。

それでもまだ、コミクロンがそのカミナリ谷のはぐれ魔術士を撃退する可能性というのをバーラン・ウィンクルはどうにか信じようとしていたようだった。信じきれなくなってくるとうろつき回り、部下を殴り、しまいには謎の祭壇を立てて妙な祈祷《きとう》を続けていたそうだ。

しかし、夜になるまでもどってこない……となって領主は泣き崩れ、慰めようとした手下をまた何人かぶちのめし、酒を食らい、いったんふて寝して、起きてもまだ泣いていた。

その被害者の会が館の前で傷を舐め合っており、このあたりの経緯はすべてそこで聞かされたのだった。

なんにしろ領主の泣き声が領地中に響き渡っていたため、もはやボンボン山の士気は最低も最低を更新していたようだ。

「どうすんだ。武器がなけりゃあカミナリ谷を皆殺しにできねえだろが！」

己《おの》が巨体を必死に抱え込み、バーランはすっかりふさぎ込んでいる。ふさぎ込んでいるからといって大人しいかというとそうでもなく、突然立ち上がってケイトに指を突きつけた。

「てめえ！　てめえがいい加減なこと言いやがったんだ！　なにが向こうの用心棒にも間違いなく勝てる、だ！」

「いや、間違いなくとは――」

「なんで俺が怒鳴ってる時にてめえが口を開けんだよ！」

抗弁しかけたケイトの横面を、バーランの馬鹿でかい手が張り倒した。

そして。

それを眺めながら、気楽な姿勢で鼻歌まで歌っていたコミクロンに、バーランの矛先が向かう。

「そうだ！　てめえこそだ！　自分で言ったこと忘れてんじゃねえだろうな。俺に天下を取らせるって言ったろうが！」

「言ったか？」

「だから口答えは──」

また平手を振り上げた体勢で。

バーランの動きがぴたりと止まる。いや、止められる。

コミクロンは鼻歌──というより魔術媒体の音声をやめると、首を振って嘆息した。

「言ってもないことを覚えているわりには、見せられたものを理解してなかったようだな。俺は天才で、この場で指ひとつ動かさずに貴様を解体することだってできる。貴様の腕力を利用するだけで俺自身は疲れもしない」

「ぐっ……！」

どうやら思い出したようだった。自分がどうしてこの魔術士を頼ろうと考えたのかを。

手を引っ込めて後ずさりするバーランを見もせずに、コミクロンは床に倒れたケイトの腕を取って引き起こした。

「領主よ。俺を失望させるな。俺は現状、相棒の誘いでここに来ただけで、なにも食い詰めたわけじゃないし、まだ終生貴様に仕えると決めたわけでもない」

「お、おう……すまなかった。つい、あわくっちまって……」

それでもぎりぎりの威厳を求めて、バーランは厳つい顔にしわを寄せた。

「だがな。失望ってんならてめえもだよ。確かにどのみち、オーフェンだとかいうのとやり合えそうなのはお前だけなんだ。しかしここにゃルールがある。俺の定めた。同じ失敗は許さねえってルールだ」

「破るとどうなる？」

泰然と訊ねるコミクロンに、バーランはまたわずかに怖気《おぞけ》をのぞかせかけたが。

譲れない一線はやはりあるのだろう。拳を固めて見せつけた。

「いまこの場で俺をバラせるとほざいたな。そうなのかもしれねえ。だが脅し文句としちゃ、お上品ってもんだ。俺がお前を始末すると決めたらな、この場なんてもんはもうねぇんだ。お前が思いつきもしねえ時、場所、手段で追いつめて、後悔たっぷりに破滅させる」

「なるほど」

コミクロンはこともなげにうなずいた。

「じゃあこの場のうちに本当に消してしまうのが最適解という結論になるな」

「…………」

バーランも腕組みして、しばし考えてから。

ころっと態度を変えた。

「どうもお互い、不幸な掛け違いがあったように思えてきた」

「そうかな」

「初心に返ろうじゃないか。カミナリ谷の連中をぶっちめたら、俺もお前もハッピー。みんなハッピー。ハッピーでない奴がいない」

「敵は不幸だが」

「そいつは知ったこっちゃねえ」

「同意する」

「望んだ褒美はなんだってやる」

「ふむ」

そう言われてコミクロンが不意に顔を曇らせたため、バーランはきょとんとした。

「なんだ？」

コミクロンはゆっくりうめいた。

「それは思ってもない難題だな」

「……なんでだ？」

疑問をつぶやくバーランに、コミクロンは肩をすくめた。

「気にするな。凡人とそこまで打ち解けて話す気はない」

話をそれで打ち切ってコミクロンは、殴られてから呆然《ぼうぜん》としていたケイトを連れ、領主の館を出ていった。中庭を抜けて見張りの目もなくなってからようやく、ケイトが口を開く。

感嘆……というよりまだなかば信じがたいという声だった。

「殴られたはずなのに、なんにも痛くなかった」

ぶたれた顔をさする。

コミクロンは、なにを今さらと呆れ声で答えた。

「割って入ってぶちのめしたら、貴様のほうが逆恨みされそうだからな。というか人が殴られているのを見ながら俺が鼻歌うたっているのをまるきり不自然に思わないのも、あの領主どうなんだ。世界を救うというのは知性とか感受性とかあまり必要とはされんのかな。まあそれはそうなのかもしれんが」

「……あんた、腕が確かなのは確かなんだな」

「まあ、そうであることはその通りだ」

目をきらきらさせて魔術士を見つめたケイトだが、ちょっと思いついたように意地悪く微笑《ほほえ》む。

「じゃあなんで勝てなかったの？」

コミクロンはあっさり認めた。

「敵も同様に確かな連中だった。単純な話だと思うが」

説明というより、自分自身確認するようにぶつぶつ続ける。

「……はぐれ魔術士のほうはよく分からんが、十三使徒が来ているというのも相当だ。正直、またやり合うのは厄介だな。あれは完全に暗殺技能訓練を受けた輩だ。しかも十三使徒の第一線級。俺は本来、荒事は専門外なんでな。天才だから大抵のことはできるが、向こうに油断がなくなればさすがに厳しい」

「十三使徒って、もしかして王都の、マジなやつ？」

「まさしくそうだ。マジ中のマジの魔術士の中の魔術士だな。騎士団が宮廷魔術士の支援まで受けて、そのはぐれ魔術士を確実に仕留めるつもりなんだろう。無駄になったあの物資も、本格的にこいつらを攻める計画とすれば……騎士団と最接近領との全面戦争か。まさか貴族連盟がもうそこまで腹をくくっていたとはな」

軽口のつもりが大層な言葉まで聞かされて、ケイトは身震いした。

「カミナリ谷は調子に乗って、あたりを荒らしまわってんだ。そろそろ騎士団が黙ってないってのは分かってた」

「まあ最接近領も、専権というのが独立暴走すれば、王立治安構想に真っ向から反するわけだしな」

「…………？」

じゃっかん噛《か》み合わないものを感じながらも、ケイトは受け流す。

コミクロンはコミクロンで、不可思議そうに後ろを振り向いた。

出てきた館は遠ざかりつつある。

「正直どうも、釈然とせん。あの領主の指揮で大陸を救えるか？」

疑わしげなコミクロンの声に、ケイトはどうにかフォローになりそうな答えを探したようだった。うまく見つかったわけでもないが。

「うまくいってる時は、悪いボスじゃないんだよ」

「そりゃ大概のボスはそうだろう。悪いが、あれはボンクラだ」

「……悩みどころではあるんだよ」

結局、小声で同意する。

と、ケイトは思い出したように話を変えた。

「あんたさ。さっきの、気になってんだけど」

ああ、とコミクロンは答え始める。

「つまりだ、王立治安構想は王が民を支配する裏付けとして民の安全を保障するという契約で、王権を唯一の――」

「いやそれじゃなくて。ええと、褒美が難題って、なんで？　それなんか難しい？」

訊いてから、ついでに彼の拒絶もまた思い出したようだった。気まずげに言い直す。

「……あ、凡人とはそこまで話さないんだっけ」

「欲しいものがない」

コミクロンは即答した。

え？　とケイトはまた訊ねた。

「なんでも持ってるから？」

ケイトから見れば、それは皮肉でもやっかみでもなく、単に事実としてそう思えたのだが。

しかし魔術士は──つまり非の打ちどころのない美貌で、有能で、微塵《みじん》の恐れも知らないこの魔術士は、緩やかにかぶりを振った。

その横顔に静かな傷心がよぎるのを、ケイトは見ていた。彼は言った。

「いや、領主に仕えるとすれば、俺は故郷も、家族のような連中も、すべてを捨てることになる。ただひとり相棒を除いて全部だ」

言い終えた時にはもうその一瞬の感傷も消えていた。皮肉を噛みしめながら、コミクロンは微笑んだ。

「欲しいものを思いつくことはもう一生ないだろうな。だがその代わり、この世界の破滅を食い止められる。それでいい。そういうものだろう」

そういうものであるらしい。

いちいち妙に壮大すぎる話についてはよく分からなかったが、ケイトは罪悪感がうずくのを感じてはいた。この魔術士がここにいるのは、彼にとっては重大ななにかを背負っているからだ。それを騙していいものなのか。もっとも——

(そうしないと、あたしもボンボン山も、破滅しかないじゃん)

ならば、仕方ない。のだろう。そういうものだろう。

6

ボンボン山の名付け主であり武装盗賊の頭、通称〝領主〟バーラン・ウィンクルの日下一番の望みは、カミナリ谷の連中を無残にぶっ殺すことである。

そして二番目の望みは、自分がぶっ殺されないことだ。

ここしばらくの彼はこのふたつのことばかりを考えている。

いや、実のところは生まれたその時からかもしれない。そう思えるくらいに両者の抗争は長い。とはいえそれが偏執的な域になってきたのは、カミナリ谷に例のはぐれ魔術士が来てからだ。

つまり均衡が崩れて、自分が負けるということが見えてきたせいだ。

これまで、それはうすぼんやりとイメージできたとしても現実味まではなかった。ボンボン山は強固な要塞だったし、手下は――少なくとも何人かの腹心の部下は――信頼できる。カミナリ谷とは小競り合いはあっても、それで傷つくのは自分ではない。

しかし事情が変わってしまった。

魔術士。

この世でもっぱら、厄介者として知られている存在。

その理由も初めて体感できた。魔術士は均衡を、秩序を、とにかくあるべきままにしておきさえすれば良かろうというようなものを、とにかく壊すのだ。

たったひとりの魔術士のせいで、ボンボン山とカミナリ谷、ふたつもの世界が急変してしまった。

もちろんバーランはこのボンボン山以外の土地で生きることなどまったく想像にも値しない。騎士団に指名手配され、顔でも変えない限りどこに行こうと極刑以外あり得ないという以前に、そもそもとにかくなんでも……思いつきもしない。それが武装盗賊たるものだ。そしてもちろん、顔を変えることもあり得ない。バーランは自分の顔が好きだった。

ボンボン山の領主である自分というものが隅々まで好きだった。

「おい、ゲッパ」

「へい」

腹心に訊ねた。

「うちの魔術士はどうしてる」

ゲッパというのは、バーランの館で見張り役をしている盗賊だ。

古顔で、バーランが前の頭領を殺した時から仕えている右腕だった。誰よりも近くに置くべき手下だ。

頭も良い。もしかしたら自分よりも冴《さ》えてる時があるかもしれないとすら、バーランはたまに思う。滅多にないことだ。そのゲッパはあまり間を置かず答えた。そろそろ訊かれると分かっていたのだろう。

「あれからケイトと、あちこちほっつき歩いてるようで」

「ほっつき?」

バーランは当然、不機嫌になった。

「あいつは約束したはずだぞ?　敵の魔術士をさっさと始末するってな」

　ゲッパはもちろん、そんな約束しましたっけなどとは指摘しない。するわけがない。するような男であれば今日まで生きていることもなかったろう。

　短刀で爪を切りながら、ぼんやりと答える。

「聞いた話じゃ、罠《わな》を用意してるとか」

「罠か」

　しばらく考えて、バーランは納得した。

「まあ確実にやるってんなら悪くねえ。だが時間ばかりかけられてもな。もう三日は経ってるだろ。無駄飯食らいは気に入らねえ」

「二日です」

「ほんとか？」

「カシラ、ずっと物置に隠れてたでしょ」

「おう。だがメシの数は数えてたぞ。三日分だった」

「三日分……いや、五日分は食ってました」

「マジか？」

「こもりっきりだと、食うでしょ。カシラは」

「……そうか」

　これもどうやら納得して、バーランはうなずく。

　しばらくしてから問いただした。

「もしかして、無駄飯か？」

「そんなこたねえんじゃねえですか」

　しれっとゲッパが告げる。

　バーランは多少、気を良くしたようだった。

「そうだよな。俺がメシを食うためのボンボン山だ。俺の食うメシが無駄飯なわきゃあねえ」

「道理ですな」

「まったくだ」

　と、改めて訊ねる。

「で、どんな罠なんだ」

「さあ。そこまでは」

「なんでちゃんと見てねえんだ！」

「俺ァ、ここの見張り番なんで」

「違う。おめえは、この山全部の見張り番だろう」

「そうだったんすか」

頭領の無茶ぶりには動じず、ゲッパは短刀をしまって頭を掻いた。

バーランは興奮気味にまくしたてる。

「当たりめえだろ！　敵はカミナリ谷だけじゃねえんだ」

と、声をひそめる。といってもともと地声が大き過ぎて意味ないのだが。

「俺の首を狙ってる奴がゴマンといる。手下どもだって信用ならねえ。あの魔術士だって本当は、俺を殺して領主の座を狙ってんのかも。そうだ。だってよ、生意気だもんな。態度がよ。俺に逆らってやがった」

「そいつァねえんじゃねえですか」

「なんでだ」

「魔術士なんか、俺たちがカシラに据えるわきゃねえでしょ。あんなバケモン」

「おめえらはそう思ってても、奴はそう思ってねえかも」

「ンじゃあどうすんすか。殺すんすか？」

あまり気乗りはせずに――さりとてないでもない口調で、ゲッパが言う。

バーランは首を振った。

「いや、カミナリ谷の魔術士をやっつけさせてからだ」

「そうでしょうね」

「その後は……お前がやれ」

「あい」

慣れた様子でゲッパはうなずいた。もちろん、慣れているからだが。

7

カミナリ谷はボンボン山と同様の天然の要塞と言えた。

違いは谷と山という点だが。これも凸凹《でこぼこ》の差でしかない。どちらを攻めるにせよ、多人数が大きな犠牲を出すことになるだろう。それは武装盗賊だろうと訓練された騎士団だろうとそこまでの差はない。閉所を突撃する際に集中砲火を受けて死ぬかどうかは、技量でさほどカバーできるものではないからだ。

——魔術士以外には。

「ふむ」

上空から谷を見下ろし、コミクロンはつぶやいた。

「防御は堅いが、空から攻められることは想定してないな。まあそんなもの想定していたらそれはそれで驚きだが。敵性宇宙文明の存在に気づいている者は、何故かあまり多くはないからな」

「あ、あ、あ、あ、あ……」

抱きかかえているケイトが引きつった声をあげているが、特に意味をなす言葉ではなさそうだったので、コミクロンは気にしなかった。

「問題は俺ひとりで攻め込んだところで、そのはぐれ魔術士との一騎打ちに持ち込めるか分からないし、そもそもそれで勝てるかも怪しい。次こそはと違う結果を求めて同じ愚を繰り返す、それはまさに愚か者という」

「あ、あ、あ、あ」

「向こうに攻めてきてもらうほうがマシだが、敵が想定通りに来てくれると限ったわけでもないしな……奴の顔も見れなかったのはしくじったな。どの程度の知能があるかすら見当つかん」

「あ、ああああーあーあー」

「とはいえだ。顔を見て判断できるというわけでもない。技量については類推できるのだから、そこから考えればいい。少なくとも俺を倒す術者だ。《塔》にだってそうそういない。教師級の者だとすると、一体どんな……」

「あああーあーあーああー」

「……歌ってないか？　もしかして」

不意に気づいて、コミクロンは腕の中のケイトを見下ろした。

ケイトは必死に彼の首にしがみつきながら、ようやく人語を囁いた。

「歌いでもしないと聞いてもらえないと思って……」

「普通に、もしもしとでも呼びかけたほうが早かったんじゃないか」

「そうかな。でも、あの、なにを訊くべきなのかよく分からないし」

「分かってから呼びかけるべきだろう。さて。なにを考えていたんだったっけ。ああ、ベンカッカ星人の知られざる生態と電気触手が限界何メートル伸びるのか論争の決着――」

「違うんじゃない？」

「そうか。うーん、じゃあ思い出すまでとりあえず無意味に旋回とかしてみるか」

「あのさ！」

先に思いついたらしく、ケイトが制止した。

ちらっと視線を下にやる。眼下、カミナリ谷の要塞は恐らく百メートルほど下か。近くの丘から空中を移動してきたのだが、その丘ももう遥《はる》か遠くに感じられた。

周りにはなにもない。風が吹くだけだ。そこに浮いている。魔術士のすることとはいえ、経験してもまだ信じがたい感覚だ。

改めて震えながら、ケイトは訊ねた。

「こ、ここってさ。下から見られてないの？　あたしたち」

見下ろしているカミナリ谷には、当然、大勢の山賊がいる。

誰も上空のふたりには気づいてないようだった。見張り役もいるだろうというのに。

こともなげにコミクロンは返答した。

「俺たちの頭上に、局所的に偏光障壁を張っている」

「え、なに？」

「光の当たっていないものを目視することは不可能だ」

「え、どうして？」

「どうしてと言われても、眼球の機能は光を感知することだからだ。ああ、確かに超能力触覚を備えたベンカッカ星人は別だが」

「いや、ええと……あたしたち、透明になってるってこと？」

「違う。まあ図がないと説明が面倒だ。人間の認知能力は見なかったものを勝手に補完するから……と、まあ死角を使った手品のようなものだと思えばいい。とにかく、地上から俺たちを見ることはできない」

「そうなんだ。じゃあ、いま上から攻撃すれば安全ってこと？」

「どうだろう。術はそこまで長く維持できないのでな。一発で標的をやれる、俺の相棒のようなのがいればそれもありだが」

と、言ってからはたと思い出したように付け加えた。

「そろそろ引き返さんと駄目か」

軌道を変えてあともどりしていく。

離陸した丘に近づきながら、コミクロンはまたつぶやいた。

「相棒がいれば、そのはぐれ魔術士に悩む必要もないんだが」

「そうなの？　ああ、ふたりがかりでやればってこと？」

「いや。どんな敵でも相棒ひとりでこと足りる。その専門だからな。任せればいい」

「へえ……で、でも、まだちょっともどってこられない……みたいよ」

「じゃあ仕方ない。まあ、いればいいという時にはいないんだよな、あいつは」

着地してから下ろしてもらい、ケイトはすぐに地面にひれ伏した。腰が抜けたわけではない。とにかく硬い地面が愛《いと》おしかっただけだ。

人心地ついて顔を上げると、コミクロンは少し離れた場所からまたカミナリ谷を眺めていた。空から見ていた時に比べて、地上のカミナリ谷はさらに堅固な砦《とりで》に見える。見えるだけではなく実際に、谷に入る唯一の門は難攻不落だった。

谷よりも魔術士を見つめてから、ケイトは口を開いた。

「そんなすごい奴ら、あんたたくさん知ってるの？」

「こう言ってはなんだが、世界最高ランクの術者を大勢知っている」

「他にどれくらいいんの？」

「どれほどだろうな。まあ俺の師は最強の魔術士と言われてはいる。実際なんでもできるようだ」

「その人とあんたとは、いくらか差があるってこと？」

「ある。その間に何人が挟まっているのかは知らんが」

すんなり認めるコミクロンに、ケイトは半信半疑な顔を見せつつも、彼の言葉に嘘も謙遜も見つけられずにぞっとした。

「おっそろしいね……想像もつかない。魔術士ってどうなってんの？」

コミクロンはようやく視線を彼女に向けた。首を傾げる。

「それほどのことだろうか。身近にいると、どいつもこいつも当たり前の欠陥だらけなんだが。まあそんなものが欠陥も直さんと、人間を簡単に消し炭にする力ばかり鍛えてるわけだから実際恐ろしいことかもしれん」

「欠陥は直さないの？」

「直せない」

「どうして」

「結局なにが欠陥なのか分かる奴はいないからな」

「あんたの欠陥があるとすれば」

　ケイトは半ば呆れてうめいた。

「まわりくどいその話し方かしらね」

「そんなものが本当に欠陥なら、直すんだがな」

「…………」

　反論されなかったことに、ケイトは慌てた。

「冗談よ。あんたはいい奴。あたしが知る中で一番いい奴かも」

「案外その、いい奴というのが欠陥かもしれん。本当に難しいもんだ」

「……ほんと、ちょっとめんどいね。あんた」

「それはよく言われる。天才だからな」

　コミクロンはまた谷を眺める。

しばらく間をおいてケイトがつぶやいた。

「あたしの欠陥分かる？」

「腰だ」

「え」

これも返答を予想しておらずにケイトは戸惑った。

コミクロンは気にもせず続ける。

「角度が悪い。君の背は本来もう少しばかり高いし、歩幅も長い。構造の歪みを正してバランスを修正すれば運動機能を半呼吸分は改善できる。したければだが」

「それってどうするの」

「意識して調整すればいい。欠陥というのは結局、それと分かれば簡単な話なんだ。理解できたろう？」

明らかに理解できなかったものの、ケイトはうなずいた。

でもね、と口を開く。

「欠陥っていうより、悩みかな」

「悩みか」

「このままじゃ死ぬってことよ」

「それは誰しもに共通する悩みだな」

当たり前に言うコミクロンに、ケイトは苦笑した。

「いつか死ぬって話じゃないのよ。遠からず殺されるってこと」

しかしそれこそコミクロンは眉根を寄せた。

「だからそうだと言っている。世界の破局は甘く見ても数年以内だ。なんで何回言っても話が合わんのだろう」

不可解そうに首を傾げる。

ケイトはかぶりを振った。

「長生きしたいのよ。そのためには今のままじゃ駄目」

「ようやく意見が合った」

「組織を登りつめなきゃ」

「それはよく分からん。あまり関係なさそうに思えるが」

だが。

コミクロンは不意に向き直った。その顔には不敵な笑みが浮かんでいる。

「しかし話していて、解決策が出てきた気がする」

「そうなの?」

「ああ。つまりだな。こんなものはただの小競り合いなのだ。大事じゃない」

「うん」

同意するケイトに、指を立ててコミクロンは続けた。

「破滅の回避という共通の利益のためなら誰もが命をかける……というのは道理なようで違う。破滅を回避できる見込みがある時点でその先の未来が生じて、利害は共通でなくなるからな。だから誰もがこう考えている。なにもしなければ全員死ぬとしても、それを食い止める損な仕事は誰か他人にやってもらいたい」

「そうだろうね」

「だから論理的に、誰もなにもしない。敵ではない」

「うん……」

なんとはなしに不穏なものを察して、ケイトの返事から力が抜ける。

この前、この天才が同じ顔をするのを見た時は、その直後に彼は崖から落下していったのだ。即《すなわ》ち、ケイトからしてみれば一番やりそうにないことをした。もしなにかひとつでも計算違いがあればそれで終わりなどと疑いもせずに。その一場面だけで呆気なく死ぬことを気にもせずにだ。

それが天才というものなのかもしれないが。

「あ、あのさ。なにをするにせよ、先に全部説明してから――」

「よし、始めよう」

コミクロンは振りかぶって声をあげると、熱衝撃波の全力攻撃でカミナリ谷の門を破壊した。


前述通り、カミナリ谷は基本あらゆる砦に共通する特徴を備えていた。内部に入れる道はひとつしかなく、その道には頑丈な門が築かれ、物見が武器を用意して常時監視している。

誰が名付けたものとしても、カミナリ谷の由来はすぐに見当がつく。岩だらけの山を、ぎざぎざにまるで稲妻のように裂いた、そんな形状が特徴的だ。地上部分の亀裂はそう大きくないが地下に沈むにしたがって広がっているようだった。日当たりこそ悪いが奥にはかなりの大人数が住み着く空間もあるだろう。

その地上の亀裂を門が閉ざしている。

攻めるには攻城用の兵器が必要になる。しかしそんなものを運んでくるには、ここまでの山道はかなり険しい。不可能ではないものの十数日はかかる。となれば夜間、地形に慣れた武装盗賊からの襲撃にも耐えなければならない。苦労して門まで辿り着いたところで、実際に門を破るまで左右の切り立った崖の上方にいくつも見える物見やぐらからの狙撃や落石を先に攻略する必要がある。

ここまで苦労の多い計画を、司令官なり議会なりから無理やり許可を得て実行する前に、攻略側はいくつかのことを考えるに違いない。

ひとつには、大きな犠牲を払ってカミナリ谷を攻め滅ぼしたところで成果は山奥の武装盗賊団をひとつ排除したに過ぎないということ。

ひとつには、そうしたところでこんな場所に部隊を駐留できないのだから、半年もすれば別の山賊が住み着いて砦を再建するだろうということ。

そして——妄想がちな指揮官ならこう考えるのだろう——誰か、命知らずの魔術士をひとりスーサイドミッションに送り込めれば、いくつかの前段階は安くクリアできるのに、と。

純白の閃光と轟音《ごうおん》とに消し飛ばされた残骸を踏み越えて、コミクロンはカミナリ谷に入っていった。あたりは遅れて崩れる瓦礫《がれき》、熱でぱちぱち爆《は》ぜる木片と、火の手対策に木材に塗られた泥塗料の粉塵、警報の呼子、大勢の罵声と悲鳴——と、堅固な要塞はたちまち混沌《こんとん》に塗り替えられた。

いや、それでもまだそれは秩序立った動きかもしれない。門を越えた途端、コミクロンの目前には武器を手にした数十人の盗賊が立ちふさがった。彼らは混乱はしていたが、自分の役割を見失ってはいなかった。

なめた真似をした奴はただでおかない——これが最も単純化された、盗賊の行動指針だ。そうすることで寝ざめが良いだけのことではない。仲間に侮られれば寝ているうちに財布をくすねられてもなにも言えない。軍人でもない山賊が規律を守れるとすれば、ただこの一条項があるが故だ。

が……

コミクロンが腕組みし、じっと睨みつければ、さすがに我先に飛びかかる者はいなかった。不意に攻め込んできた魔術士を取り囲みながらも近づきはせず、みな互いに目配せしながらなにかを待っている。

そのなにかを、もちろんコミクロンは予期していた。

動かず待っているうちに、盗賊たちの様子が変わる。

やがてゆっくりと彼らは左右に道を開け、そこからひとり、若い男が進み出てきた。急いではいない。しかし余裕たっぷりに、というのとも少し違う。コミクロンは思わず息を詰めた。

男は黒ずくめに近い格好で、体格に際立った特徴があるわけでもない。

しかし誰かに説明される必要もなく、彼が件《くだん》の黒魔術士だというのは理解できた。

肌が粟立《あわだ》つのを感じながら、コミクロンはうめいた。

「正直、意外ではあったな。噂通りに腕の立つ術者なら、どこぞの馬の骨でもあるまいと。知った顔でもおかしくないと考えていたが……」

その意外な結論に、思わず絶句しかける。

「まさかまったく知らん奴だとは。世の中というのは思ったより広い」

「お互いにな」

はぐれ魔術士も同意した。

彼が長話をするつもりがないのは明白だった。コミクロンとの間合い、数歩分を前にして歩みを止めると、すっと拳を固めて戦闘態勢を取った。

その構えはコミクロンの知識の中にあったし、一目で理解できた。

(古流武術の類か……珍しいな)

武装も必要とせず身ひとつで絶大な力を発揮するというのが魔術士の利点であることから、無手の拳術は有用な技と考えられている。魔術士がどういった種類の体術を身に着けるのかは選択肢も多い。

その中でも古流と呼ばれるのは、おおむねの格闘術の源流とでもいうものだ。

なにも特別な術というわけではない。というのも、大半の格闘術の基礎には含まれているとも言えるからだ。二百年前に天人種族が魔術士に教えたものだった。

だが天人種族はあまりそれを重要なものだとも思わなかったのだろう。なにしろ天人種族は極めて強力な魔術の持ち主だ。魔術だけでなんでもできる。ドラゴン種族となる以前のそうした伝統武術など、彼らにとっては手慰みでしかないし、まだ魔術が未熟で不完全だった人間種族にはまあ役立つかもしれないという程度の考えだったろう。

　それにもっと優先すべき教えが他にいくらでもあったという事情もある。ともあれ数千年の彼らの歴史で練り続けた搦《から》め手《て》や決め手のすべてまではわざわざ伝えなかった。そして天人種族が滅び、多くの技術が失伝したわけだ。

　だがコミクロンの師であるチャイルドマンはそうした失われた技や理論をどこからか発掘し、使いこなしていた。人体構造への理解が深かったのも、師がまるで人間を造った神そのものに特別に鍛えられたかのように、運動機能の妙を知っていたからだ。

　そうした構造の知識は、コミクロンは体得している。とはいえ単純に実戦で殴り合うことについては専門外だ。それを教え込まれた唯一の生徒は……数年前に姿を消した。きっともうのたれ死んだに違いない。可哀想《かわいそう》だが、厳しい外界で生きていけるような奴ではなかった。

　ふとしんみりしかけて、コミクロンはかぶりを振った。もう永遠に会うこともない相手を思うより、目の前の問題に対処せねば。それがどれだけくだらない問題であっても。

「へっへっへっ……」

盗賊のひとりが、下卑た笑い声をあげた。

「ひとりで攻め込んでくるたァな。女だてらに勇ましいこった。おい、せめて息のある間に俺らに回してくれよ」

「まあ死体でも新鮮なうちはいいがな」

別の男が口を挟んで、みなが笑い出すが。

「うるせえ」

はぐれ魔術士の一言で、ぴたりと全員黙り込んだ。

ガラの悪い連中が鞭《むち》にでも打たれたように引きつった顔を見せている。その男の恐ろしさを嫌というほど知っている様子だ。

コミクロンは嘆息した。

「言っておくが、俺は女じゃ――」

言葉の途中で。

間違い探しのように、ほんの一瞬の間に見ている絵が変わった。と感じた。

はぐれ魔術士の姿が消えていた。

（……知覚できない！）

見えていなかったのとは違う。見ていたのに、敵が次にどう動くかを読めなかった。

単純な速度ではない。

もちろん魔術でもない。

まばたきをしていたわけでもない。

特殊な歩法の一種だろう。一歩を踏み出すための予備動作もなく、いきなり最大速度で動き出すための。そうとしか思えなかった。でなければ、動く一瞬前にコミクロンは知覚できていたはずだ。

人間の動きは可能と不可能がある――それは未熟者だろうと、それこそ十三使徒の殺し屋であろうと同じことだ。構造を理解すればするほど、その境界線を正しく予想できる。コミクロンはいつもであればそれを見切って、敵の不可能のほんのわずか外に位置取ることができた。しかしこのはぐれ魔術士は動作の機敏さと死角を利用して、その限界を隠蔽したのだ。

コミクロンは滅多にないことをした。

わけも分からないまま、その場を逃げ出した。

大きく飛び退って全力で間合いを開けた。それでも敵の姿を視界に捉えられなければ、本気でそのまま地の彼方《かなた》まで走ろうかと思うほどに。

しかし幸いにも、数歩の跳躍で間に合った。はぐれ魔術士はさっきと同じ構えでコミクロンを見据え、足を止めていた。

無理に追ってとどめを刺しにこなかったことを、ほっとして良いのか、それともこのうえ慎重さも備えていると絶望すべきなのか。

再び対峙にもどる。

数秒にも満たない時間で溜《た》まってしまった疲労感に、コミクロンは苦笑した。

(まずいな。ここまでとは。教師級どころか、本当にこの前の十三使徒の最上位か先生並みじゃないか)

緊張をほぐすつもりもあって、口を開く。

「やるじゃないか。この前どうしてやられたのか、いま納得できたよ」

単に間をとるために言った軽口だったが。

反応はコミクロンの予想からややずれていた。

声をあげたのは、周りの盗賊たちのほうだ。

「ん？　お前ら、もうどっかでやり合ったのか？」

「…………」

はぐれ魔術士は黙してなにも言わない。

（ん……？）

コミクロンは違和感を覚えつつも、ひとまず目の前の状況に集中した。

このまま殺されるわけにもいかないし、逃げ帰るのも良くはない。

目的を達するためにはとにかく、自分が侮れない戦力であることを示さなければ始まらなかった。完勝でなくとも痛み分けに近い勝ちはいる。仮に敵が格上であっても、お互いに手札を知らない初戦であれば、奇策に特化した自分のほうが有利だという自負がコミクロンにはあった。というより格上ばかりを相手に訓練してきたために培った生存哲学とも言えるが。

もっとも、この敵もいざ対峙してみると不思議と似たような戦術を持っている……ようにも感じられる。というのが不安だったが。

それでもとにかく策を考える。現実的・非現実的なものを含めて策はなかったことがない。あまりに少ない時はあるのだが。今がそうだ。

まずは膝を下げて屈み込み、体勢を低くした。どちらにも動けるし、敵の攻め手を減らせる。

これはあくまで対応策だ。受けの姿勢で待ち受ける。今度は先読みに頼らず、敵がどう動いても対応する構えだった。

　はぐれ魔術士は左右でも真《ま》っ直《す》ぐでもなく、後方に跳んだ。開いた間合いがさらに開く。そして魔術構成を展開した。それも速い。構成の緻密さは予想通り超一級のものだ。これもやはり、内容を読み解こうなどとすれば防御が間に合わなくなる。

「8！」

　コミクロンは鋭く囁き、障壁を構成した。光の壁を白光の奔流が叩く。耐え切ることはできただろう――が、コミクロンは即座に構成を変えて障壁を最小限に絞った。防がれていた熱気と衝撃が、皮膚のぎりぎりまで触れてくる。

　背後に一瞬、影を感じ、そしてそれが消えるのを見た。

　爆発が過ぎ去るとそこには白衣から焦げた煙をあげたコミクロンと、同じく炎を受けたはぐれ魔術士が舌打ちしながら跳び退く姿があった。

　はぐれ魔術士の立ち位置は変わっている。魔術を放った後、自らその爆発範囲に飛び込んでコミクロンの背後を取ろうとしていたのだ。コミクロンが防御することを計算の上で。

「やるくせに、捨て鉢な奴だなっ！」

　コミクロンは吐き捨てると、迷わず突進した。今の炎の強度、位置と角度から、はぐれ魔術士が左腕に火傷《やけど》を負ったのを見破っていた。この機は逃せない。

左腕の側に回り込む、と見せてコミクロンが移動したのは反対だった。牽制《けんせい》で放った手刀をはぐれ魔術士は簡単に払いのける。だがやはり負傷した左手で反撃はしてこなかった。

そして右側に力がかかればそれに耐えるのは身体の左側だ。痛みは運動神経を鈍らせる。敵の反射が遅れるのを見て取り、コミクロンは欠かさず攻撃し続けた。上下に散らして相手のバランスを揺さぶれば、それだけ痛みは増していく。はずだ。

はずなのだが……

反転して打ち込んだ裏拳も、そこからステップインして関節を取ろうとしても、足の甲を踏み抜こうとしても、顔面を狙った貫《ぬ》き手《て》も、目くらましの平手打ちも。

牽制から必殺へ近づいていくつもりが、その手がかりがことごとくすり抜けて掴みどころがない。

はぐれ魔術士が次第に動きを小さくしているのは分かっていた。コミクロンは当然痛みのせいだと考えていたが、違った。まるでぐるぐると回っていると思っていたものが螺旋《らせん》の渦で、気が付けば水の下に引きずり込まれていたというように——

（まずいっ！）

察するのが遅れればやられていただろう。

誘い込まれた最後の一撃を放つ寸前でコミクロンはその手を停めた。

カウンターの敵の拳が顎の下を撫でていくのを、ぞっとしながら感じた。

鋏《はさみ》の先で血管をつままれるような心地だ。

またもや間合いが開き、三度目の小康状態にもどった。

今度はお互い跳び退くのではなく、ふらつくような足取りで緩やかに後ろに下がった。

はぐれ魔術士は凶悪な目つきで、そしてコミクロンは目を見開いて。静かにつぶやきをかわした。

「痛みを無視する精神制御か……」

「勘が良いな。よほど実戦慣れしているのか」

「まあ暴力には慣れてる」

コミクロンはどうにか息を整えながら、はぐれ魔術士が呪文を口にして火傷を治すのを見つめた。

その暴力の経験……といっても教室での戦闘訓練が主だが。その相手となっていたのがコミクロンと同等の天才魔術士たちだ。教師であるチャイルドマン・パウダーフィールドは言うまでもないが。最年長で教室のまとめ役を自任するフォルテの堅実な体術、破天荒でいて抜け目ないアザリーの喧嘩《けんか》殺法、天性の身体能力を素直に活《い》かしたレティシャの戦闘スキル、相棒の暗殺術。残るは年少の連中で、未熟で取るに足らないにしても、何故か訓練ばかりでもなく日々見舞われる理不尽な騒動にもまれながら（這《ほ》う這《ほ》うの体で）生き延びたのはコミクロンと同じ立場だ。

大抵の戦闘術に関しては経験がある、とコミクロンは自信があった。このはぐれ魔術士の技で一番近そうだと感じるのは、チャイルドマンのものだった。古流という単純な共通点がもちろん大きいが、それだけではない。基礎の練度の確かさ、才覚、覚悟。そしてコミクロンとは違う本当の実戦経験だ。年齢はコミクロンと大差ないだろうが。凶悪な目つきや面相を見れば想像できるが、きっと危険にさらされ続け、血で血を洗うような野に生きてきたのだろう。

（俺に一番欠けてるものか……）

改めて厄介さを味わう。

そして、もしかしたら。

と胸中に降ってきたような思い付きに、コミクロンは戦慄した。

（《塔》を出るなら、これを倒せるようでないと、資格もないかもな）

そう思えば存外、これが最接近領に入る試金石となったのはちょうどいい巡り合わせかもしれない。

試験というよりも自分が自分を認めるための壁だ。

これまでの人生のすべてを捨てても、なにかを成し遂げられると思えるための。

考えているうちに呼吸が止まっていた。

本当に止まっていたわけでは無論ない。呼吸を感じられないほどにスムーズに、身体から力みが消えていく。

（そうか）

本当に命をかけた実戦に触れ、意識が覚醒していくのを感じる。

単純な身体の事実だけではなく、その裏側に潜む可能性まで掴めるほどに。

（こういうことが、変わっていくんだな）

新たなる次元の強さへと。

コミクロンは一歩を踏み出した。

すべて小賢《こざか》しい計算も、駆け引きもない。

最短の攻撃だった。真っ直ぐに踏み込んで、敵の中心に拳を突き込む。

実戦を経て開眼した今、それはこれまでのものとはまったく違う！

はずだと思ったのだが。

敵は呆気なくコミクロンの腕を払いのけ、小脇に巻き込んで肘の関節を取り、そのまま地面に引きずり倒した。

「……あれ？」

腕を極《き》められてぴくりとも動けない状態で、組み伏せられたままコミクロンはうめいた。

「おかしいな。何故負けたんだろう」

「…………」

はぐれ魔術士はなにも答えない。ただ、なんでこいつ急になにも考えずに突撃してきたんだ？　馬鹿なのか？　という顔はしていた。

代わりに、周りの盗賊たちがワッと沸いた。

「やったぜ！」

「ごほうびターイム！」

すると。

ぱっと、はぐれ魔術士が跳び退いた。

解放されたコミクロンも反射的に後退して、また立ち上がる。

「…………？」

コミクロンのみならず、沸きかけた盗賊たちも不可解げに顔をしかめた。

のだが。

はぐれ魔術士は険しい顔で脇腹を押さえている。

その手をはなすと、手のひらが血で濡れていた。

傷はその脇腹だ。

「……やりやがったな。暗器か。呆気なく組ませたのは罠ってことか」

盗賊たちに緊張感がもどる。

コミクロンは眉根を寄せた。

自分はなにもしていない。普通に組み伏せられて、あとは自ら腕を折って脱出するしかないかと考えていたところだった。しかしさすがに、それを治癒できる隙をこのはぐれ魔術士が与えてくれるとも思えず、すっかり詰みだった。

考えられることは、はぐれ魔術士は自分で自分の腹を傷つけ、それで離れたのだろう。だが、意図が分からない。決着のついた勝負を捨てたとしか。

コミクロンの見たところ、脇腹の傷は出血こそしているもののそう深くもない。さっきの火傷のことも思えば、その程度でこのはぐれ魔術士の動きが鈍ることもなさそうだった。しかしはぐれ魔術士は露骨にふらつき、息を喘《あえ》がせている。向こうからかかってくるつもりもなさそうだ。

疑わしくは思いつつも、コミクロンは声をあげた。

「勝負あったようだな」

武器を構える山賊たちに、さらに向き直って告げる。

「断っておくが！　貴様ら全員を殲滅《せんめつ》する余力は十分に残っている」

実用的というより、単に大仰な威嚇ポーズを取った。ごろつきにはこのほうが分かりやすかったようで、うめきながらみな後退りする。

コミクロンは笑みを浮かべた。

「だが！　やらん！　何故か分かるか」

「え……？　愛？」

「違う。ここに来たのは、警告のためだからだ」

「警告？　敵がか」

「ああ、そうだ。だが、果たして本当の敵はなんだ？」

「本当のって……」

「俺たちと貴様らの共通の敵、それは王立治安騎士団！」

ようやく話が分かるようになってきて、盗賊たちの顔つきが変わった。

それを逃さずにコミクロンは言い募る。

「近いうちに、奴らは大戦力を擁してここに攻め入ってくる。準備にかかるのは、そうだな。早ければ十数日以内。俺の見立てでは十四日プラスマイナス二日」

「な、なんで分かる」

「ふっ……」

コミクロンは不敵に笑った。というか何故分かるかといえば、十三使徒を挑発したのがコミクロンだからなのだが。

「恐らく奴らは強力な魔術士も複数揃えてくる。お前たちだけではひとたまりもない」

「そんならお前らのほうだって――」

「まあ確かに、何故か知らんが当方も、不思議と山賊並みの戦力しか持っていないようなんだが……妙な話だよな。聞いた話では世の中引っくり返すくらいの諜報組織のはずなんだが……」

ぶつぶつ独りごちてから、はっと我に返ってコミクロンは続けた。

「とにかくだ！　手を組まねばただただ蹂躙《じゅうりん》されるだけの未来が待っている。それは確かだし、騎士団が準備を整えていたのはお前らも知ってはいただろう。ひとまず騎士団の物資はその男が破壊したが――」

と、はぐれ魔術士のほうを指し示す。

だが違和感に、ふと言葉が止まった。

　はぐれ魔術士はもう傷も治っていた――まだ痛むふりをしているが、コミクロンの目は誤魔化せない。演説中にこっそり治癒してもうとっくに動けるはずだ。それでもじっとしていたのは自分の話に同調していたからだと考えていたのだが。

　だが明らかにおかしかった。そいつは凶悪な面相を陰らせて、しくじったと言わんばかりに左右に視線を泳がせている。

　ぼそりと、その後ろの盗賊が口を開いた。

「騎士団の物資？　そんなもんなかったたっつってたな。騎士団なんて噂だけだったと」

「…………」

　はぐれ魔術士は答えない。

　沈黙が次第に、山賊たちの不穏な声で埋められていく。

「なにを隠してやがる……？　いや、お前らグルなのか？」

「全部茶番か。俺たちを言いくるめて、なにをさせるつもりだった」

「ボンボン山の奴らと手を組むだと？」

「馬鹿げてる」

「死んだほうがマシだ」

　雰囲気だけの圧ではない。実際に退路を断つように、山賊たちは移動を始めている。

しかし。

「ふふふ……」

コミクロンはやはりまた笑みを浮かべた。

「なんだ。まだなにか言いたいのか」

ぎらついた目で言う盗賊に、コミクロンは告げた。

「それは論理的に成立しない」

「ん？」

「考えてみれば分かるだろう。俺たちが仲間か、だと？　話が通じていないから怪しい、とお前らは疑ったんだろう。しかし話が通じていないのなら仲間なわけがない」

「………」

「つまり矛盾している。その疑念は不成立だ。よって俺の話に耳を貸さなくなる理由はないわけで――」

正論だったはずだ。恐らく。

少なくともコミクロンも咄嗟には反証を思いつけないほどだった。

だから山賊がまったく変わらず、殺気じみた目つきで包囲を狭めてくることが理解できなかった。しかし一方で、彼らの言いたいことはすぐに知れた。論理など関係なしに、誰でも見れば分かる態度だった。

「もしかして……」

コミクロンはうめいた。

「こう言いたいのか？　〝ごちゃごちゃうるさい。怪しい奴はとりあえず殺せば問題なくなる〟」

「よく分かってんじゃねえか」

「それはそれで悲しいほど正論なのでな」

つぶやきながら、コミクロンはざっと人数と、それぞれの持ち出している得物とを見て取った。見えている範囲だけでも四十八人。賊らしく武器も統一されていないし、合理的な布陣でもない。

戦術的な要点もない。ただのカオスだ。

初めて不安がよぎった。敵の陣容はすぐに把握できたが、把握しても意味がない。そこにあるのは計算し切れない茫漠たる無駄そのものだった。考えてみれば《塔》の訓練は、この状況を想定していない。

極めて腕の立つ数人の魔術士と戦うにはどうしたらいいか？——可能か不可能かはともかくとして、それなら想定している。

恐ろしく危険な天人種族の遺産から逃げ延びるのは？――同様だ。

しかしものすごく単純な事態への想定はない。強力な魔術士相手に一戦交えて疲労困憊《こんぱい》の状態で、味方もなく、まとまると確信していた交渉が空振りに終わった上、退路をふさがれ……

つまりとにかく、どうしようもない時にどうしたらいいのか？

思わず横を見る。いつの間にか共闘せざるを得なくなったはぐれ魔術士がそこにいる。向こうにもどれくらい余力があるかは未知数だが。そもそも素性も知れない輩だ。あてにできるか分からない。

はぐれ魔術士のほうも同じ心地だろう。地獄を彷徨《さまよ》う悪鬼のような目がコミクロンを値踏みする。

奇妙なことだが、気持ちが触れたように感じた。

瞬間的にだが交感したのだ。

コミクロンは迷わず叫んだ。

「4―6―3―45！」

「――んっ！」

同時にはぐれ魔術士も呪文を発声していた。

お互い、構成を見て取るような余裕もなかったが。

偶然、あたかも何度も一緒に危難を乗り越えてきたことでもあったかのように行動が噛み合った。

はぐれ魔術士は熱衝撃波をすぐ足元に撃ち込んだ。

コミクロンは周囲に防御障壁を展開した。

盗賊たちの一斉攻撃を防ぐために編んだものだったが、咄嗟の閃《ひらめ》きで術の向きを変えた
——周りではなく、下方へ。

光熱波の爆裂を防ぐのと同時に、その爆圧を四方へと逸らした。

獲物に向かって押し寄せようとしていた武装盗賊らを押し返し、さらに谷の中を浚《さら》うように膨れ上がる。

カミナリ谷の砦自体、既にかなりの損傷を受けていたせいもあったが、衝撃が谷を揺るがす大音声に化けた。

盗賊たちは包囲のために広がっていたため、作戦もなければ指揮する者もいなかった。あっさりと烏合《うごう》の衆《しゅう》になってしまった。

爆発そのものは大した実害ではなかったろう。全体の二、三割を転倒させた程度だ。怪我した者もいたかもしれないが。

だがはぐれ魔術士は先ほどと同じ素早さで、敵の布陣にできた隙間へと潜り込んでいた。

こうなってしまうと盗賊には為《な》す術《すべ》もない。紙人形のように次々と打ち倒されていく。

コミクロンはその後に続いた——乱戦の中で盗賊を倒しながら谷の出口へと突き進んでいくはぐれ魔術士が、背後から追い付かれて袋叩きになるのをフォローするため、なのだが。そんな必要すらなさそうだった。はぐれ魔術士は滑るように人込みを突っ切っていく。まるですり抜けていくような速度だというのに、触れる者に必ず打撃を入れて倒していった。

似たことならばコミクロンもできる自信はあったが。

(やはり練度が違うな……)

追いすがりながら見るだけにそれがよく分かる。

技術の差というより、馴染《なじ》みの違いだ。

はぐれ魔術士の動きはこの世界に適応したものだった。

先刻、カオスに怖じけたことがことさらに思い起こされる。《塔》の教練の想定にないことも、この野良の魔術士は何度も切り抜けてきたのだ。

(俺はやっぱり)

虚《むな》しく胸中でつぶやいた。

(遅かったのか？　外に出るのが)

物思いが途切れた時にちょうど、人垣を突き抜けた。

包囲が崩れてしまえばもはや盗賊たちにはどうしようもない。

そんな雲行きの変化を察することには長けている……というものなのか。みな一斉に逃げ出した。

コミクロンとはぐれ魔術士も走り続けたため、もはや誰が誰に追われているものなのかもさだかでなく、全員がただ谷から駆け出して走るだけだった。勝者も敗者もない。叫び、わめき、暴れながら、遁走《とんそう》する。

混沌の中でコミクロンははぐれ魔術士の姿を見失った。

いろいろと奇妙な輩ではあったが、この際もはや重要ではない。カミナリ谷とこの用心棒の関係が崩れたなら、もう脅威になることもないだろう。

あとは混乱に紛れて逃げおおせればいい。完璧に任務をこなしたといえる。天才なのだから当たり前だが。すべては神に等しき計算通り――

「轟《とどろ》け！」

コミクロンの目の前に白光が膨れ上がった。

咄嗟に。

身体をひねって受け身を取ろうとした時にはもう衝撃が全身を貫通しているのを自覚し

ていた。

それでも防御術を編んで発していたのはほぼ奇跡といってもいい。それこそ《塔》の生活で培った反射神経以上の、突発的破壊への備えだ。

最小限の効果の障壁だったが、これがなければ身体が粉砕されていただろう。牽制でもなく手加減もなく、一撃で自分を殺そうとする最大威力の破壊術だ。掛け値なしの暗殺技能者《スタッバー》が仕掛ける術。

かろうじて守れたのはコミクロン自身の身体ひとつだけだった。周りにいた盗賊たちが粉々に吹き飛ぶのを、静止したかのようなあまりにじれったい一瞬の光景の中、コミクロンは見た。

手、足、頭、臓器のひとつひとつ……念入りに子供にバラされた人形のように部品が飛び交う。その部位のすべて、どれだけ細かく砕かれていたとしてもコミクロンは見分けがついた。人体だ。十人いたならば十人分だったろうし、そこに誤差が入るわけは絶対にないが。どうしてか、あり得ないほどの数の身体片が飛んでいるように、コミクロンは思った。数百、数千だろうか。いやもっとか。何万、何十万——

とまで思って、コミクロンは、自分が脳震盪《のうしんとう》を起こしているのだと理解した。視界がぶれている。平衡感覚を失ったまま地面に叩きつけられた。

（十四秒は……動けない。息も吸えない）

絞り切った肺に再び空気を送るまでは、治癒術で故障を治すのも無理だ。

地に伏せたまま顔だけを上げる。

次々に降り注ぐ魔術の爆発が、逃げ惑う盗賊たちを薙《な》ぎ払っていく。五感が混濁する中、魔術構成を把握した。ひとりの術ではない。

いつの間にか谷の崖上に、魔術士が数名――どうにか視界の焦点を合わせながら、少なくとも五人を数え上げた――そのうちのひとりは例の十三使徒、シーク・マリスクだ。ただ彼だけは魔術を放っていない。他の四人が立て続けに熱線を撃つのを、一歩引いたところから指揮している。

（全員……十三使徒か？）

それは分からない。力量としては一線級のものではある。しかしシークほどの術者がこんなところで何人も揃うとは思えず、となると他は部下か、もしかしたら弟子かもしれない。

身悶《みもだ》えしたくとも動けない長い硬直を経て、十四秒が過ぎた。

「３８５７００１７２６１９８９０３７１８９４６２５３９８５６５……」

長く数え上げ、構成を繋《つな》ぐ。

くじけていた足の腱が繋がり、肋骨《ろっこつ》の位置をもどして。コミクロンが起き上がる頃には、もうとっくにカミナリ谷の盗賊は全滅していた。

「……本当に、全部だ」

我知らず、口をついて出る。

見たままをだ。本当に全員死んでいた。

ものの十数秒、動けずにいたうちに。

「なんて威力だ」

「……驚くほどだったかな？」

声は背後から聞こえた。

驚きはせず、コミクロンは振り返った。この術を放っていた魔術士のひとりが崖から降りて、すぐ後ろに立っている。

とぼけたような顔つきのその若者に、コミクロンは告げた。

「そんなことを言ってるんじゃない」

死屍累々《ししるいるい》となったあたり一帯に腕を振りながら続ける。

「魔術というのを、防御できない者に撃ち込めばこうなるという話だ。物理的な……自明だ！」

「なにを言ってるの。そりゃそうだろう？　考えたこともなかったかい？」

首を傾げる若者に答えたのは、やはり降り立ったシークだった。

「……本当に考えたこともなかったのかもな。魔術士の中でだけ生きてくると、そうなるのかもしれん」

その彼の手には。

「…………！」

コミクロンは慌てて、自分の服を探った。爆発にやられた身体は治したが、服はあちこち破れている。引きちぎれたポケットからは、そこに忍ばせてあったものがなくなっていた――それをシークが見つけて拾ったのだ。剣に絡みついたドラゴンの紋章。大陸黒魔術の最高峰《牙の塔》の証《あかし》だ。

シークはしみじみとそれを眺めた。

「なるほど。力のほどは得心がいった。が、《塔》の魔術士がこんなところで王権に盾突くというのはいかなる理由だ」

「…………」

コミクロンは口を開きかけたが。

言うべき言葉がまとまらずに息だけを吐いた。

その顔を見てシークが釘《くぎ》を刺す。

「よく考えてから返答しろ。なにもない、お前の一存だというのならお前は少なくとも同盟反逆罪だ。この場で抹殺されても仕方ない。そうでないのなら——《塔》の指令を受けてのことなら、話は違う。最接近領の名を出したことも併せれば特大の大事《おおごと》だ」

「……説明してもらう必要はない」

コミクロンは淡々と告げた。

「《塔》の陰謀事を白状するなら情報提供者として俺を保護してもいい、とかそんなところか」

「まあ、そうだ」

「ならお互いに残念だったな。《塔》は俺がここにいることも知らない」

冷淡な返答に、シークが睨みを利かせる。

「よく考えてから答えろと言ったはずだが」

言いながら訝《いぶか》しんでいる。

この面前の魔術士の冷静さはなんだろうかと。

紛れもなく窮地にあって、生死を分かつ問いにすぐ、不利な答えを選んだ。

任務に殉じる自己犠牲か？　話も理解できない馬鹿者か？　逆転を待つ時間稼ぎか？

それとも——

　歴戦の十三使徒が、恐らく何十通りもの可能性を頭に過《よ》ぎらせるのをコミクロンは見て取った。

　そしてきっと正答に辿り着きはしないだろうということも。

　実際のところ、ただ仕方ないからこう告げたのだ。

「事実があるのだから考えるまでもない」

「我々がその返答を信じるにはなにが必要か、想像はついているか？」

　凄むシークに、コミクロンは笑みを漏らした。

「極めて冷静な推察力および確たる証拠と言いたいが、〝ない〟の証明はできないな。となると拷問か」

　ざっとあたりを見回す。

　いまだ炎をあげくすぶっている死体の山に囲まれて。シークと若い部下ひとりとがコミクロンと対峙している。残りの三人は崖の上だ。

　コミクロンは告げた。

「詰みだと言いたいのだろうが、天才に言わせればこれは、完璧な逆転劇のお膳立てに過ぎん！」

　彼の不敵な言葉に、シークが驚愕《きょうがく》に目を見開きさらに手下の者たちが恐れおののいて逃げ出し、降参を叫ぶのをゆっくり見とどける——

と言いたいところだったが無論、そんなことは起こらない。

シークも若い魔術士も、ただ静かにコミクロンを見据えるだけだった。

「まさに自明的に事実通り、詰みだと思うよ」

小馬鹿にした手下の言葉に、コミクロンは上げた手を下ろした。

力なくぼやく。

「計算違い……ばかりだ」

「そういう日もあるよ」

「そうじゃない。もう何年も、ずっとだ。なにも、ひとつも、できやしない」

うつむくコミクロンに、シークらは顔を見合わせた。

「まあそんな泣き言を言われましても……ね」

どこかあてが外れたような気まずさでつぶやく部下に、シークが思い出したように

《塔》の紋章を持ち上げた。

「そういえば、確か裏に名前が彫ってあるんじゃなかったか……」

終わりが自明で物理的事実となっていくその瞬間を、コミクロンはただ待ち受けた。

チャイルドマン教室のコミクロンという名前をこの十三使徒は知っているだろうか。そ

うだとして、どういう反応を見せるだろうか、それは皮肉にも計算するまでもなく予測がついた。《塔》のエリートクラスの魔術士がここにいて、《塔》の作戦でないとは、彼らは決して信じないだろう。

貴族連盟と大陸魔術士同盟との外交問題になるだろう。最接近領の名が絡むため表沙汰にはせず、コミクロンの行方は人知れず有耶無耶《うやむや》に処分される。

(それならあるいは……悪くもない、のか)

そう思って、コミクロンは目を閉じた。

だがその瞬間に。

「おい！　なんだお前は！」

崖上のほうから叫び声がした。

魔術士のひとりだ。

カミナリ谷の内側から崖を登るのは簡単ではないが、外からであれば道もある——普通なら山賊の見張りがいるだろうが、今は留守だ。

そこを登ってきたのだろう、ケイトが魔術士に向かって近づいていくのが、コミクロンらの位置からでも見えた。

彼女が何者か分かっているのは、コミクロンだけだったろう。

だが彼女がなんでそこにいるのか一番理解しがたかったのもコミクロンだった。

（……なんでだ？）

彼女には、適当なところで待機しているように言ってあった。

状況が芳しくないのはわざわざのぞきに来なくとも察しはついただろう。

コミクロンの手に負えない事態であれば、彼女にできることなどなにもないのも。

だからとっくに逃げおおせたものと考えていた。

ぽかんとしたコミクロンを、ケイトは見もしない。というよりそれどころではなく、緊張した面持ちで、両手を上げて魔術士の前に進んでいく。もちろん丸腰だ。

しかしコミクロンは彼女が開いて見せている手に、前に見た時との変化があるのを見て取っていた。

（中指に……指輪？）

のように見えたが。違う。

紐だった。巻かれている。

ケイトがこれからなにをしようとしているのか、コミクロンだけが予測した。

ほんの半秒ほどだが、彼だけが一歩先んじた。

魔術士に近づいて、ケイトはなんの前触れもなく手を翻した。紐につながれたナイフの刃が魔術士の顔面に突き刺さる。

頬の上からまぶたまで一気に切り裂いて、鮮血が飛ぶ。

彼の悲鳴が聞こえるより前に、コミクロンはシークに飛びかかった。

狙いはシークの手にある、ドラゴンの紋章だ。

倒そうなどと欲をかけば反撃されていたかもしれない。だがコミクロンは敵の手から紋章だけかすめ取り、そのまま駆け抜けた。シークもあえて逆らわない。紋章を取られたところで、安全に優位を活かしてコミクロンを捕らえればそれで済む。

のだが。

これもコミクロンは、ある程度予測していた。

死体が見当たらなかったし、だからといって脱出はできていないはずだったからだ。

積み重なった死体の中から、血みどろのはぐれ魔術士が立ちあがり、すぐ目の前にいた手下に背後から拳を打ち込んだ。

倒れる敵の身体を踏み台に、構成を編んで、叫ぶ。

コミクロンも同時に声をあげていた。

「――――いっ!」

「5―73―9!」

まったく同じことをしていた。

重力制御からの跳躍で、崖の上へ。

（……なんでこいつも？）

宙を駆け上がりながら、コミクロンははぐれ魔術士を横目で追った。

崖上には敵が三人もいる。

コミクロンが跳んだのは、無論このままではケイトが死ぬからだ。

はぐれ魔術士にはその義理はなかったはずだが。

しかし、もっけの幸いではあった。シークよりは格下だろうと踏んではいたが、三人の魔術士を相手にひとりで突破は難しい。

はぐれ魔術士とコミクロンは同時に崖上に飛び乗った。

敵は三人。ひとりはまだ、傷を負った顔面を押さえてうずくまっている。ケイトは紐つきの短剣を振り回して次の魔術士に仕掛けようとしていたが、奇襲でもなければさすがに通じない。ナイフを強引に腕で防がれ、そのまま魔術士に殴り倒された。

だがその一手がまた役には立っていた。コミクロンらを迎え撃った魔術士はひとりだけだ。はぐれ魔術士とコミクロンに左右を取られ、左側からはぐれ魔術士の拳に脇腹を、右側からコミクロンの手刀に首を打たれて悶絶した。

これで二対二。

ケイトを殴ったほうははぐれ魔術士に、そして顔を押さえてわめいていた魔術士も、ようやく平静を取りもどしてコミクロンに向き直る。

時間はかけられない。恐らくすぐさま、シークは追い付いてくるだろう。それまでにこのふたりを無力化できなければ数の優位はまたなくなる。

血だらけの男に肉薄して、コミクロンは囁いた。

「その傷、もしかしたら視神経か眼筋にダメージがあったかもしれん」

そいつにしか聞こえない、しかし絶対に聞き取れる声音で。

ぴたり、と敵が手を止めるのを見てコミクロンは続けた。

「一日以上経って失明していると分かれば、俺なら修復してやれる。ここで殺されたら不可能だがな」

「…………」

そのまま、なにもせずにコミクロンは通り過ぎた。

なにもしなかったがその魔術士は、そっとその場に倒れ伏した。

息をついて見やると、はぐれ魔術士が残ったひとりを倒したところだった。

そして、気を失ったケイトを抱え上げている。

「……誰だか分かって助けてるのか？」

コミクロンは問いかけた。

このはぐれ魔術士は、数日前にコミクロンとケイトに遭遇してはいる。覚えているなら敵だと知っているはずだ。

はぐれ魔術士は、言われてようやく気付いたように、顔をしかめた。きまり悪そうに答える。

「こういう時は、そうするもんだろ」

「そうか……」

それが適切な返事だったかどうか、コミクロンにはよく分からなかったが。

ともあれ、振り返った。崖下へと。

シークは追ってきていなかった――すんでのところでやめたのだろう。形勢が逆転してしまった。ここでシークまで倒されれば手下も助けられなくなる。

「…………」

じっと見下ろすコミクロンに、はぐれ魔術士は怪訝そうに言ってきた。

「どうした？」

「気の利いた捨て台詞《ぜりふ》でも言ってやるところなんだろうが、あまりに気が利きすぎていてぶちぎれて追いかけてきたりしたら、貴様が相手してやってくれるか？」

「嫌だ」

「そうか」

若干がっかりして、コミクロンはうめいた。これが相棒であればふたつ返事で引き受けてくれるのだろうが。

この行きずりのはぐれ魔術士には、どことなく相棒に似たものを感じていなくもなかったのだが、やはり違う。

取り返した紋章を、まだ手に握ったままだった。コミクロンはそれをぼんやり眺めてから、まだ無事なポケットにしまい直した。

その様子を、やはり訝しげにはぐれ魔術士は見ている。視線を気にして今度はコミクロンが訊ねた。

「なんだ」

「いや……」

つぶやいて、はぐれ魔術士はケイトを肩に担ぎ直した。急ぎ足で斜面を降り始める。

コミクロンもそれを追った。

追跡を警戒しながら谷を離れた。一時間ほど、ほぼ無言で山道を複雑に歩き回る。ボンボン山の位置はあのシークも把握しているだろうとは思えたが、念のためだった。しばらくしてケイトが意識を回復して、自分で歩くと言い出した。はぐれ魔術士は特に反対はしなかった。彼女を下ろしてはぐれ魔術士は、文字通り肩の荷が軽くなって言い出した。

「じゃあ、俺はここまでだな」

別れを切り出したということなのだろう。察してコミクロンは問いかけた。

「行くあてでもあるのか」

「ない」

彼はためらいもなくそう言った。何度もそう答えてきて、それが当たり前になったという口調にコミクロンには思えた。根無し草の用心棒には当然なのかもしれない——が、コミクロンには新鮮だった。

その驚きで、つい、馬鹿げた問いをした。

「家はあるのか」

「ない」

これも迷いがなかった。

ケイトですら、きょとんとしたようだった。武装盗賊の彼女にも帰る場所はある。死線をくぐって大失敗して打ちのめされても家はある。

今度は驚きからではなく、そして自覚もしながら、コミクロンは余計な話を続けた。

「自分の足元に撃つにしては、術の威力が強すぎたんじゃないか」

「………………？」

すぐにはピンとこなかったらしいはぐれ魔術士に、コミクロンは補足した。

「貴様のやり方だ。いちいち危険すぎる」

歩くうちに汚れも落としてはいたが、それでもはぐれ魔術士の顔や全身には乾いた血や泥がこびりついて、さんざんな有様だった。手ひどいのはコミクロンも同様だったが、はぐれ魔術士の姿は……簡単に言えば、みじめに見えた。

なんにしろようやく思い当たってか、彼は答えた。

「……大勢を撹乱《かくらん》するためだ。爆発は大きいほうがいい」

「自傷するような戦い方は鼻につく」

「あんたもわりとそうじゃない？」

横から余計なことを言ってきたケイトのことはほっといて、コミクロンは続けた。

「貴様ひとりのせいでこの一帯の均衡が崩れたと聞くが、破滅願望があるだけならそこまでの力を持っているのは皮肉だし、巻き込まれる者にとっては悲劇だ」

「なら、ほっとけよ」

面倒くさそうに、はぐれ魔術士は一蹴した。そのまま立ち去ろうと背中を向ける。

それでもコミクロンは食い下がった。

「見過ごす気になれないのは、だ。貴様は雇い主の手に騎士団の武器が渡るのを防いだな。俺が嬲《なぶ》り殺しになるのを防ごうともした」

「お互い様だ」

「ん？」

「一度偵察しておいてわざわざ正面から攻めてきたのは、殲滅以外の企《たくら》みがあったからだろ」

肩越しに、片目程度の眼差しを投げてそんなことを言った。

「偵察にも気づいていたか。自信あったんだが」

コミクロンは嘆息した。

ともあれ構え直して言い募った。

「……場当たりでも、ものを考えてないわけではないようだ。力の活かし方を見失っているなら、いい働き口が――」

だが。

もうはぐれ魔術士は歩き出して、聞く耳もないようだった。

呑んだ言葉はそれほど苦みもなく、コミクロンは苦笑した。

また横からケイトがつぶやく。

「勧誘なら、まだ追えるんじゃない？」

「追おうと思えばな」

「なんでやんないの。諦めるの早過ぎない？　あいつ仲間にできるんなら……すごいのに」

明らかにケイトは不服そうだ。

コミクロンはかぶりを振った。

「どうだろうな。秘密組織で仕事をするには、向いてないいんじゃないか」

「そうなの？」

「武装盗賊のようなはみ出し者の中にいても、なお馴染めないようなはぐれ者なんだろう。だから裏切る理由があれば裏切ってしまう。楽には生きられないんだろうな、ああいう奴は」

話が少し分からなかったようで、ケイトは首を傾げた。

「裏切る理由があったら誰だって裏切るんじゃない？」

「普通はできない。人間は合理的じゃない。君だって俺を助けに来てくれた。ああ、そうだ。言いそびれるところだったな。君のおかげで生き延びた。ありがとう」

「い、いやあ」

照れるケイトを眺めながら。

それにな……と、口には出さずにコミクロンは独りごちた。

（説得力もないだろう。俺自身、分からないのに。最接近領に加わってこの世界を救うのが……本当に、そんな大事なことなのか？）

再び目を向ける頃には。

もう、正体不明のはぐれ魔術士の姿は見えなくなっていた。

8

こうして、はぐれ魔術士はこの地を去る。

あるいはこの出来事がなければ、生涯を武装盗賊として生きたか、それとも遠からず騎士団に掃討されていたかもしれないが。

その去り際、オーフェンは頭にちらついていた可能性を振り払った。

「あんな妙な格好している《塔》の魔術士って他に……っても、女だしな。いや、違うの

か？　でも向こうが俺に気づかない理由がないだろ。それに――」

なにがあったとしても、これだけはまさか考えられない。

「あいつがあんな的を射たことを言うなんてあるわけないしな……」

考えられもしないことだ。

なので。

彼は振り返りもしなかった。

9

「つまりだ。カミナリ谷は壊滅した。もう、ひとりも生き残りはいない」

と告げた時と――

「そしてそれをやったのは十三使徒、王都の強力な術者たちだ。少なくとも五人いた。一両日中にはここに攻め込んでくると思われる」

と告げた時とで。

ほんの十数秒以内の間での領主の変化は、それこそコミクロンの知る人体の限界を超えていたかもしれない。

　およそ十種類ほどの歓喜と苦悶の変化を経て、頭を抱えたバーランはアジト中の床を激しく転げまわった。

「なぁんでだあああああああああ！　なんでそんなことに！　まじゅつしが！　ごにん⁉　なんで！　なんでそんなにいいいいいいいい！」

　右に左にそれを眺めながら、コミクロンは腕組みして答えた。

「何故なのかといえば、ここが最接近領だからだが」

「え？　なに？」

　器用にぴたっと急停止し、逆さまになった体勢のまま顔を上げ、バーランがつぶやく。

　コミクロンは淡々と告げた。

「十三使徒は最接近領の目的が気に入らんらしいからな」

「目的って？」

「なんで俺にそれを訊く。王権から、聖域との接触を一任されているのが貴様だろう。接触というか実際には戦争状態だが。十三使徒、というかプルートーのような自尊心が莫大《ばくだい》な輩は、大陸の命運が秘密組織などにかかっているのが許せんのだとかなんとか。相棒はそう話してたが」

「言ってることが一個も分かんねえええええええええええ！」

また叫び出すと、バーランは回転を再開した。

「まあひとまず、報告の義務だけは果たしたが」

あまり気にせずにコミクロンは言うと、同じく頭領を眺めている手下に訊ねた。

「一応念のために訊くが、これは最接近領の領主として、当然想定内の敵の攻撃に対して用意してあった複数の対抗策のうちどれにするかを検討している姿なんだよな？」

「……どのへんがそう見える？」

気のない様子でバーランの腹心、ゲッパが訊き返す。

コミクロンはしばらく考えたのち、返事した。

「皆目見えんが」

「だろうな」

虚しく嘆息し、ゲッパは――勢いよく転がってきたバーランをひょいとまたいで――コミクロンに近寄った。

「しばらくは収まらんだろうから、他に伝えるべきことがあるんなら俺が聞いとくが」

「ユイスや他の戦力はいつもどってくる？」

「数日以内ってことなら援軍はない」

「それ以降なら？」

「その質問に意味あっか？」

「ないな」

「じゃあ俺も意味のない質問をさせてくれ。その魔術士五人、おめえひとりでやれっか？」

「相棒じゃあるまいし、無理な話だ」

「何人までならやれる？」

「誰から相手するかによる」

「そりゃそうか……手に余るのは何人だ」

「そこまで力量を測っていない。明らかに格上なのが最低ひとりはいる。そいつは恐らく十三使徒でも上位のひとりで、他の四人はその弟子ではないかな。王都のスクールはそういう徒弟のようなやり方はしないらしいから、別の形かもだが。ともあれすぐもどってこれたのも、近くに待機させていたんだろう」

「そいつらは……」

少し言葉を選ぶように、間を空けてゲッパは続けた。

「俺たちを……殺すためにわざわざ来たのか？　俺らもここに長いが、騎士団どころか魔術士を五人も寄越すってのはさすがにこれまでなかった」

「まあ、最接近領の存在をもし知ってたとしても、確信はしていなかったろうからな。十三使徒も」

「どうして確信するようになったんだ」

「俺が名乗った」

「なんで」

「まともにやりあってもヤバそうだったんで、最接近領を名乗れば退却するだろうと計算した。実際退却はさせたんだが、こうもすぐもどってくるとはな」

「…………」

ゲッパは自分の顔を押さえて、たっぷり数秒、沈黙した。

再び顔を出すと据わった眼差しでコミクロンを睨みつける。

「俺がなにを言いたいか分かるか?」

「それも意味のない質問か」

「まあそうだな。俺にゃあ分かってっし、てめえも話が読めないほど馬鹿じゃなかろうしな」

「もしかして俺のせいだと言いたいのではないか?」

問われて、ゲッパは静かにうなずいた。

「そうだな。てめえがその相手に黙って殺されてりゃ、俺らが皆殺しにされなくても済んだわけだ」

「だがその場合、貴様らはカミナリ谷の連中にやられてただけ――」

言いかけてコミクロンは言葉を止めた。

あのはぐれ魔術士のことを思い出したのだ。

「……いや、それはなかったかもな。となると俺は本当に余計なことをしたわけだ」

「…………？」

急に反論が萎《しぼ》んだため、ゲッパは拍子抜けしたように顔をしかめたが。

どのみち言い合っても詮無いことと察して手を振った。

「責任を感じるんなら、ひとりでもふたりでも刺し違えてこいや」

吐き捨てるように言ったが、それこそ意味のない八つ当たりだと分かってはいただろうし、しろと言われてそうする者がいると思っていたわけでもなかったろう。それはもちろん単に、普通するわけがないからだ。いかれているのでもなければ。

アジトの建物を出たところで、ケイトが待っていた。

「話はどうだった？」

訊いてくる彼女に、コミクロンは肩を竦《すく》めた。

「報告して、転がられ、脅された」

「そうなるって言ったろ?」

「驚くほど予言通りだったな。最初に転がる方向すら当たっていた。それで、そっちのほうは?」

話しながら足は止めず、ふたりはボンボン山の雑居村に入っていった。

そこはもうケイトの説明を待つまでもなく混乱でごった返していた。

「そいつは俺んだろ!」

「なんでだよ! うちにあったもんだ!」

「だからてめえがうちから持ってったんだろうが!」

「いつの話だ! もう二年もうちにあったんだから――」

小屋をさらって持ち歩けるものは全部袋に詰めようとしている連中を、コミクロンらは眺めた。じろじろ見るなと怒る者もいない。みな夢中になっているのもあるが、どこもかしこも似たような騒ぎで、別段注視する必要もなかったからだ。

弁解するように、ケイトがうめいた。

「普通なら、みんなもうちょっと……勇ましいんだけどさ。魔術士が大勢来るって話したら、まあ、役に立ちそうって奴は多くないよ」

コミクロンは特に驚きは見せなかった。実際、驚くようなこともなかったのだが。

「カミナリ谷で言ったのと同じだ。成功を望まなければ捨て石になろうとはしないし、成功が望めるなら捨て石にはなりたくない。凡人に死後の名誉を信じさせるには信仰か家族が必要だな」

「無理ないよ。カミナリ谷はこっちより頭数も多かったのに、あっと言う間に……」

思い出したのだろう。ケイトは身を震わせる。

面白くもなさそうにコミクロンはつぶやいた。

「だが君は逃げなかった」

多少のトゲを感じて、ケイトはきょとんとする。

「随分不機嫌だね。なんかあったの？」

「俺がここに来るのも軽い決断じゃなかった。領主だか最接近領だか、そんなに期待していたわけでもないはずなんだが、それでもこの体たらくではな。本当にここは相棒の言ってたような屈強な組織か？」

「う、うん。そっか。まあ話って大袈裟《おおげさ》になるしね……」

そそくさと彼女は話をもどした。

と、ケイトが声をひそめる。内緒話というより、うんざりしただけかもしれないが。

「素直に逃げようって奴もいるよ。逃げりゃあ逃げられるだろうけどさ、そうしたってどこぞでのたれ死ぬだけだよね。そういうことにすぐ気づくよ。荷物詰めてるうちにね。街みたいに道具とか保存食がすぐ手に入るわけでもないし」

「実を言うと、ゲリラ戦を提案しようとしていた」

コミクロンは無念に口の端を曲げた。

「そうか」

「それは……どうかな。でも今ならまだ山中に隠れられるかもって思ってるとしてもね。少人数ずつバラけて潜伏して、ゲリラ戦っていえば勇ましいけど……山で虫と草食ってやってけるほど骨のある奴が大勢いるわけでもないし。何日も持たないよ」

「使命感か」

「気休めで言ってるんじゃないよ。みんな慌ててるけどさ、すぐ冷静になるよ」

しかしケイトはかぶりを振った。

実際のところ、目にしている光景からすると疑わしい。

「そうなのか？」

「でもさ、結局誰も逃げないんじゃないかな」

「……家ってさ、そこからは逃げるところもないってことだよ。それに――」

狙ったようなタイミングで、また新たな騒動が起こった。

砦の門のほうだ。悶着が起こって怒声が響く。

「なんだってんだ！　どけよ！」

荷造りを済ませた者たちが門の手前で足止めを食らっているようだった。

そちらを見やると、閉じた門を何人かの武装した男たちが守っている――外に対してではなく、内側に向かって。

「ここは開けねえ。警戒態勢だっつってんだろ」

「なにが警戒だ！　誰も出さねえ気か！」

「頭領の指示なしじゃあ、駄目だってんだよ！」

言い合いは激しくなって、それこそ一触即発の空気だった。

門を閉ざしている者に対して、そこに殺到しつつある盗賊たちは倍以上もいる。一気に押し出せばそれまでだったろう。

だが。

まさにその寸前、先頭に立っていた盗賊が見張りに掴みかかろうとしたところで。

熟れた果物を潰すような音を立てて、その盗賊が吹っ飛んだ。後頭部から頭を串刺しにした矢とともに、襲いかかろうとした相手を通り越して門に叩きつけられる。無論、即死だった。

　全員、静まり返って後ろを向く。

　アジトのほうからゆっくり進み出たのは、ゲッパだった。大型のクロスボウを置いて手に鉈《なた》を持ち上げる。

「これ以上殺させんな。頭数を減らしたかねえんだ」

「ボス猿の尻尾《しっぽ》が……！」

　言い得て妙だったのかもしれないが、誰が言ったのかはよく分からない。

　ゲッパが引き連れてきたのは彼同様、バーランの腹心たちだろう。普段はアジトに詰めている者たちだ。ゲッパの手振りでゆっくりと展開し、門の前に集まった盗賊たちを取り囲む。

　反発を押さえ込んだところで一番後ろからバーランが進み出てきた。開口一番こう叫ぶ。

「てめえらみんな逃げたら、誰が俺を守るんだよ！」

「知ったこっちゃねえや！」

　これも誰が答えたのかはさだかではない。とりあえずバーランや手下が一番正面の男を睨むと、彼は慌てて身を縮めた。

「お、俺じゃねえよ！」

「まあ聞けよ、お前ら」

バーランの横に控えて、ゲッパが告げる。

「敵は魔術士だ。人間じゃねえ。バケモンだよ。奴らは手ぶらで獣も殺《や》れるし、不意の怪我も治せる。崖も跳べるし空にも浮かべる。なにが手強《てごわ》いってそういうとこだ。普通なら装備も知識もないと到底無理なことを、魔術ひとつで解決しちまう。騎士団だったら一軍団あっても攻めてこられねえだろうにな。山に入っちゃかえって勝ち目はねえ」

滔々《とうとう》と正論を述べられて、盗賊たちの意気は次第に衰えていく。

ゲッパはそのまま続けた。

「カミナリ谷襲撃の手際を考えても、ここらの地理も調べがついてるようだし、知っての通り要害ってやつは下り道でも難関だ。人里まで辿り着けるルートはいくつもないから、魔術士が五人もいりゃ全部塞げる。嫌でも、ここにこもって戦うしかねえんだ」

「だけどよ、カミナリ谷は……」

「奴らは奇襲を受けた。ラッキーだったな、向こうが先でよ。ま、調子こいてた分の因果応報だ」

「つってもよ」

なおも乗ってこない盗賊たちに、ゲッパは笑いかけた。

門に磔《はりつけ》になった死体を鉈の先で指して訊ねる。

「なあ。そいつは死ぬ前に、一言でもなんか言えたか？　誰か悲鳴ひとつでも聞いたか？」

「………………」

みな、曖昧に首を横に振る。

ゲッパはうなずいた。

「つまり仮にそいつが魔術士だったとしても結果は同じだな」

盗賊たちは静まったのち、またざわつき始める。

「確かにまあ……」

「けどよ」

小さな反対のつぶやきも見逃さずにゲッパは告げた。

「もちろん、見返りは小さくねえよ」

「襲うんならともかく、襲われるんじゃ儲《もう》けなんてねえだろうよ」

「確かにこの一戦じゃな。でも考えてみろよ。これに勝ちゃ、もうボンボン山に勝てるようなもんはこの世にないってことだろ？　誰もがそう思う」

「まあ……」

「そうしたら俺たちの評判はどうなる。カミナリ谷どころの話じゃねえぞ。世界中の猛者が仲間に入れてくれと押し寄せてくるさ。ここはますます強くなる。そん時にだ。お前ら、下っ端でいたくねえよな。幹部になっていたいよな？」

「ああ」

「魔術士の首はいつつだ。手柄が五人分もあるってことだなァ？」

「…………」

すぐに鬨《とき》の声が上がるほど単純ではなくとも、彼らが戸惑って顔を見交わすたび、少しずつ打算が補強されていく。この場で逆らうことでも、山に逃げることでも、あるいはそれ以外に道があったとしても、どのみち虫の良い妙案があるわけはない。いくつかある分の悪い賭けの中で、見返りが提示されたのはひとつだけだ。

「約束は守ってもらうぜ！」

捨て台詞くらいであれば、ゲッパは咎《とが》めなかった。ぞろぞろと小屋にもどり、それぞれ魔術士殺しの準備を始める連中を眺め、バーランに軽く目配せする。満足したというほどでないにせよ、まあこんなもんでしょという顔だ。

バーランもさすがに、せいぜい頑張れよと声に出しはしない。にやにや笑いを噛み殺して腹心ともども、館へと引き返していった。

コミクロンとケイトだけが、全員がいなくなってもその場を眺めていた。門番もいるにはいるが、やぐらに登って外のほうを睨んでいる。門に張り付いた死体の手足がぶらつくのをやめ、慣性の生すらも手放した頃、コミクロンはようやくケイトをちらりと見やった。そして彼女の顔にも期待が過ぎっているのを見て取って、言うべきかどうかをしばし迷った。

が、結局口に出した。他に言うこともなかったからだ。

「綺麗《きれい》に丸め込まれたな」

「で、でも、嘘は言ってなかった。大きなチャンスだよ。やりようによっては――」

ケイトは手の中に隠していた紐付きのナイフを取り出してみせた。

彼女の声は震えて、それ以上を喋《しゃべ》れなかったが、言われるまでもなくコミクロンにも理解できた。

「一度はうまくいった、と言いたいのか」

「そうだよ！　あたしがひとりはやったんだ。あんたも見てたろ⁉」

「そりゃあ見ていた。そのあとすぐ殴り倒されたのも」

「今度はもっとうまくやれるかもしれないでしょ」

「勝算はもちろん常にある。魔術士は人間だ。矢でもなんでも、尖ったものが刺されば確かに死ぬ」

　コミクロンはただ冷徹に否定した。

「あとは確率の問題だ。君のナイフがもっと上手いこと刺さるのと、音より早い熱線が君を爆砕するのとどっちなのかという。ここにいる全員で襲いかかって、奴らのひとりかふたりくらいは道連れにできるかもな。その代償にここは全滅して、世界を救う組織はこの世からなくなる」

　ケイトは武器を下ろして唇を噛んだ。

「でもなんか、そうならない方法はあるんでしょ？」

「俺の成算はひとつだけだ。時間を稼いで相棒が帰ってくるのに賭ける。援軍の見込みはないとあのゲッパとかいうのは言ってたが、任務が早く済んだか飽きたかして帰ってくるのを望むしかない」

　という答えに彼女は感銘を受けることはなく、むしろたじろいだ。

「そ、れ、は……」

　かなり迷ったあげく絶句したケイトに、コミクロンは続けた。

「ここから出て、俺ひとりで撹乱する。だからまあ、ゲリラ戦だ。一日か二日か、どれくらいか分からないが敵の足を止める」

「犠牲になるつもり……？」

「相棒の留守を預かっているようなものだしな」

「そんなあっさり、どうして？」

食い下がるケイトに、コミクロンはそれこそ腑に落ちない顔を返した。

「君よりは確率があるつもりだが」

「全然違うじゃない！」

いきなり声を張り上げるケイトに、コミクロンは気圧《けお》されたように仰《の》け反った。

ケイトは目の下を拭った。別に涙は流れていない。しかしそんな気にはなっていた。

彼女の怒声に見張りや、近い小屋にいる者などは視線を寄越す。とはいえなんの話だかは見当もつかなかったろうが。

震えながらケイトはうめいた。

「話が全然違うでしょ……あんたには見返りもないし」

「そろそろ正気を疑うくらい何度も言ったと思うが、世界の破滅を防ぐについてはおおむね利害が」

「ここは、違うの！」

我慢できずに吐き出す。

「ここはあんたが思ってるような、世界を守る秘密組織だかなんだかじゃないの。カミナリ谷と同じ、ろくでなしの集まり。あたしが騙したのよ。利用できると思って。あんたが馬鹿な世間知らずだからさ！　でも度外れにもほどがあるよ。どこまで都合いいのさ。気持ち悪い！」

一気にまくし立ててから、はたと、自分がなにを言ってしまったのか理解して後退りする。

無言でじっと彼女を見つめるコミクロンに、ケイトは告げた。

「早いとこ出ていきなよ。あんたひとりなら普通に逃げられるでしょ」

そしてくるりと背を向けて、可能な限りの急ぎ足で自分の小屋へと逃げていった。

その夜、ボンボン山は砦のあちこちに篝火《かがりび》を焚《た》き、一年分の薪を使い切る勢いで光を灯《とも》した。襲撃を警戒する必要があったからだが、とにかくみな、やれることを惜しむ気になれなかったのだ。小屋の壁を剥いででも灯りを求めた。どうせ明日になって生きていられるかも分からないのだから。

とはいえ。

(これじゃあ山火事並みに、どこからでもここが分かるだろうな……)

そして遠方からでも砦内部の様子まで見て取れるということでもある。

夜道に座り込んでもう何時間にもなるが、コミクロンはぼんやりと、前方に長く伸びた自分の影を見つめていた。

影はボンボン山の篝火に照らされてできたものだ。

静かで深い山奥の夜に、激しく揺れる炎から生まれた影の舞は奇妙に浮いて、縁起の悪い悪霊のようでもある。

コミクロンがずっと座しているのは、砦の門のすぐ外、つまりは砦の入り口真正面だった。そこでずっと、門を背に夜の帳《とばり》を見据えている。

踊る影がひとつからふたつに増えた。

だがそれ以前に、足音や気配に気づいていた。昼からずっと続いている壁の補強に紛れ込んで、体重の軽い人間がひょいと外に飛び下りたのも。それが気まずそうにゆっくり、コミクロンの背後に近づいてくるのも。

コミクロンが振り返らずにいると、咳払《せきばら》いひとつしてから、ケイトが話しかけてきた。

「……びくともしないの？　あんな風に言われても」

それは驚きも呆れも通り越して、諦めに近い声だった。

コミクロンは首を振った。

「そうでもない。迎え撃ちに行ってないだろう。まあ相棒が来る見込みがないなら、時間稼ぎは上策でもなくなってしまったんだが」

　ケイトは躊躇うのをやめて、コミクロンの横に腰を下ろした。

「相棒、相棒ってすぐ言うね。そんなに頼りになんの？」

「そうだな。信頼はおける。が」

「が？」

「天才でも説明が難しい。相棒は最高峰の魔術士だ。誰もが認める。その実力を信頼できんなら、誰がそれに相応《ふさわ》しいと言えるやら。しかし実際のところ、実力以外のすべての面で、奴を信じるのは難しい」

「……確かになに言ってんのか分かんないね」

「それも並の難しさではないんだ」

　なんとはなしに地面を撫でて、コミクロンはため息をついた。

　しかしケイトは苦笑して言った。

「そういうのはね、友達っていうのよ」

「…………」

　コミクロンはようやく彼女を見やり、そして渋面を作った。

「専門家を、素人が単純な理屈で言い負かそうとする風習は忌まわしい。嫌いだ」

「別に言い負かそうなんて」

「俺も、それを思いつきもしなかったわけじゃないんだ。なんだったら二十日ともう何日かより前だったら同意できたかもしれん」

「なにその数え方」

「きちんと把握してなくてな」

「なにかあったの？」

「世界が壊れた」

「破滅はまだ先なんでしょ？」

「そういう話じゃない」

また闇に視線をもどす。

夜はただの影だ。日の光が当たっていないというだけ。特別なものはなにもない。

（だがそれこそ、素人が言い負かそうとするようなものだな……）

なんの専門に対してかは知らないが。と、コミクロンは胸中で独りごちた。

「俺は、ものすごく大事なことが台無しになった。俺だけじゃないが。なんの意味も益体もない事故で、俺の知るすべての人間が破滅した。ただそれは四年前の話だ」

砂を掴んでいた手のひらをこすって、腕組みする。

「なにもかもしっちゃかめっちゃかで、一巻の終わりで、挫滅轢断《ざめつれきだん》だった。何年経とうと慣れることはないが、それよりも最近になってまたひっくり返ったのは、あいつはそれをどうでもいいことだったように言うんだ。事実、もっと重大な任務をしているからと。あながち間違ってるとも言えん。本物の世界の滅亡を食い止めようというのだから」

「でも、納得はいかない？」

「分からないのさ。明々白々であるほどにさっぱり分からん。あいつが何者か分からなくなって、俺もなんだか分からなくなってしまった気分だ」

ひとしきり吐き出してから、落ち着いて言い直す。

「なんだかんだで……一緒にいないのが落ち着かんのかもな。心配だ。あいつが」

「その人は四年経って、立ち直ったってだけかもね」

「それか俺より手ひどくぶっ壊れてしまったか」

ぶつぶつ言うコミクロンに、ケイトは笑いかけた。

「なんにしろ、死なずに済むうちは死にたがるもんじゃないよ」

そう言って彼女は、肩を叩いて立ち上がる。

「騙してごめんね。自分のせいだって思ってんのかもしれないけど、引き込んだのはあたしやカシラだよ。だから気にすることない。もともと、あんたはここととは関係ない立派な人なんだ」

「立派なものか。これまでと同じ環境に留《とど》まれば良くて飼い殺し、出れば秘密組織の使い走りだ」

「じゃあ立派じゃなくても、とにかく義理はないよ」

突き放されても釈然とせず、コミクロンはこだわった。

「もしかして俺は同情されているのか？　だがあの谷の連中のほうが、俺の何倍もひどい目に遭った。それこそ意味もない、益体もない理不尽だ」

「これまであいつらに襲われた奴らもでしょ」

「ありふれてるってことか。まったく世間ってやつは」

「とにかくね、同情じゃないよ。お構いなく、あたしはひとまず気分いいの。あんたには謝ったし、張り合いのあるヤマがこれから待ってる」

少なくとも言っているその顔は、確かに上機嫌だった。

「運が向きゃ、明日にはあたしがカシラかも。だって、誰が死んで誰が生き残るかなんて分かりゃしないでしょ」

コミクロンは座ったまま、ぼんやりとそれを見上げた。

「自分の手でやるのか」

「凡人らしくない？」

「君については普通じゃないのかもと思っていたところだったが……」

篝火を燃え上がらせ、実体以上の巨大なシルエットを空へと映す砦へと向き直る。

「合理的じゃない。生き残れる可能性はほとんどないんだ」

「どうせ死ぬなら、好きな死に方を選ぶだけよ。これは合理的でしょ」

「俺にできないのはそれか……」

コミクロンはうつむいた。

ケイトがまた苦笑いする。

「死ぬことが？　そんなの誰も――」

「そっちじゃない。選ぶほうだ。もう長いこと、それを分かってはいたんだ。やりたいことが思いつかない」

うつむいて影の中に沈み、コミクロンは歯噛みした。

「俺はなんにもできない。彼女もそれを分かってた」

「……彼女？」

話を見失ったか、言い間違えたかと思って、ケイトは訊ねたが。

コミクロンはなにも答えなかった。

そんな彼を見て、ケイトは微笑んだ。

「ちょっと話が見えないけど、まあ少しね、想像ついた。思ったより子供なんだ、あんた。なにもできないって思ってるなら、分かってないよ」

言葉なく、上目遣いに彼女を見るコミクロンの姿は、確かに子供っぽく見える。歳はほとんど変わらなかったろうが、ケイトは優しく囁いた。

「したいことにすぐ手がとどかないから拗《す》ねてるだけでしょ。平凡にね」

ケイトが砦に引き上げた後も、コミクロンはしばらくそこに立ち尽くしていた。数分か、そこらか。闇の中では長い時間だ。

しかし動き出すつもりでいるなら、ほんのひと時でしかない。

「理解はできた」

決然と独りごちる。

「なにもできなかったのは、まずできることをやらなかったからだ」

そして砦にもどろうとした時、コミクロンは背後に気配を感じた。

砦では突貫工事がかしましいとはいえ、聞き逃すべきでない物音を聞き逃すような油断はしていなかった。足音、気配、事実ケイトが近寄ってきた時は把握していた。

しかし今度は、背中に触れられるかというほど人が接近してくるまで、そいつの存在をまったく感じられていなかった。

無論、まっさきに思い浮かんだのは十三使徒だった。そうであれば振り返る間もなく自分は殺されるだろうということも。

コミクロンは、叶《かな》わぬ延命と承知で両手を上げた。肩越しに見やる。

そこにいたのはよく知った顔だった。

「……まさか《塔》も最接近領も捨てて、武装盗賊になるつもりか？」

闇の中から陰気そのものの無表情で、コルゴンがそう訊いてきた。

10

チャイルドマン教室は《牙の塔》のエリート教室のひとつである。

少なくとも四年前はそうだった。

大陸を放浪していたチャイルドマンという魔術士のずば抜けた力と知識を《塔》の長老たちは高く評価し、教師として招いた。名高い魔術の最高峰《牙の塔》とはいえ近年の趨《すう》勢《せい》は十三使徒及び王都のスクールに傾き、《塔》執行部には焦りもあったのだろう。大きく掛け金を積むように、チャイルドマン教室にリソースを注ぎ込んだ。

魔術士を目指す少年少女の中から、特に才覚を見出《みいだ》された数名が生徒として抜擢《ばってき》された。若くして教師級に迫る力を持つほどの者たちだ。

当然、チャイルドマン教室は羨望や嫉妬も買った。だがそれも励みといえば励みだった。すべてうまくいっていた。輝かしい未来は盤石だった。致命的なトラブルなどあろうはずもなかった。家族のようだった七人のひとりが、魔術実験の失敗で死ぬまでは。


厳密には死ではない。

アザリー・ケットシーは異形の怪物と化して正気も失い、《塔》から失踪したが、死んではいない。

だがそんな厳密さよりも《塔》執行部は現実的な処理を選んだ。アザリーの葬儀を執り行い、逐電した化け物はただの変形した遺体であるとして、チャイルドマンにその追跡と破壊を命じた。

アザリーには姉妹のように育った従姉《いとこ》と、孤児院時代から可愛がっていた血のつながらない弟がいた。奇《く》しくも……と言うべきなのか、三人そろってチャイルドマン教室の生徒だった。アザリーを慕っていた弟は、執行部のやり方に反発して名前も捨て、《塔》を出奔した。

言うまでもなくチャイルドマン教室は失墜した。最も強力な魔術士と、最年少ながらチャイルドマンの後継と言われたキリランシェロを失った。責任を取るためにチャイルドマンはアザリー——の遺体——を追い、ほとんど《塔》にもどらなくなった。

教室最年長のフォルテはチャイルドマンの代わりに他教室などの非難を引き受けたようなものだ。無骨な態度がますます内にこもって陰険になったとコミクロンは感じた。フォルテの補佐役であるハーティアも同じ境遇だが、それよりも彼は親友だったキリランシェロがいなくなったのが堪《こた》えたのかもしれない。こちらは目に見えて無気力になり、堕ちていった。

コルゴンは（当時のコミクロンには知る由もなかったが）最初から最接近領のスパイであり、二重生活にはかえって都合が良くなったくらいかもしれない。

コミクロンは特に変わらなかった。

と、彼自身は思っていた。

背が伸びたし、顔つきも変わった。女性と間違われることが変に多くなったため、おさげはやめた。とはいえそうした変化は別に気にもしていなかった。講義も訓練も行われなくなったが、基礎はほとんど完成していたため、あとはチャイルドマン抜きでも上達は難しくなかった。もともとエリート教室に抜擢される天才魔術士だ。実際、伸びしろのなかったフォルテやドロップアウトしたハーティアなどよりぶっちぎりで上達した。

ただ、それ以外には。

（俺は……変わらないな）

という思いを、コミクロンは四年間、抱き続けた。

周りは破滅を続けている。

世界は崩壊してしまった。

まだ厳密には死ではない。

それでも誰かが――執行部などより強大で無慈悲な何者かが、勝手に葬儀を始めてしまったかのように、かつての日々は埋葬されてしまった。

（それでも俺は変わらない）

失踪もしていないし、堕落もしていない。執行部のご機嫌取りでアザリーを殺しに行くわけでもない。

この四年間ひとつだけ、コミクロンが決して考えないようにしてきた出来事がある。

記憶から消したわけではない。むしろ毎日毎夜、頭から離れないような思い出だ。

しかしそれについてなにも考えない。

ずっとそうしていた。

それはアザリーの葬儀の数日後にあったことだった。


彼女の姿をしばらく見ていなかった。

アザリーの葬儀にはコミクロンも行かなかったが、彼女も顔を出さなかったらしい。

なにも姿をくらましていたわけではなく、寮の部屋にはいたのだろう。《塔》の寮は男子女子と分かれてはいないので、コミクロンも訪ねようと思えばそうできた。そうしなかったのは、余所《よそ》の目を考えてというのは確かにある。アザリーの一件は大スキャンダルだ。メンバーが会って話すだけで人の目を引く。本格的な事情聴取も控えており賢明ではなく、みなお互いに会うのを控えていた。

しかしそもそも、なにを話すというのか。

アザリーが理解不能の馬鹿な真似をしてすべてを破滅させたということをか。

酷薄な《塔》執行部への反抗計画をか。

こんな時味方になってくれる者もいない自分たちの行状を反省するか。

なにも考えず天気の話でもすべきか。

凶悪な宇宙生物の侵攻について警戒を訴えるか。

それも決められないまま、コミクロンは校内を彷徨った。

自然、人目を避けて静かな場所へ足が向く。

結局、彼女に会いたいというよりも、ただ探していたいだけだったかもしれない。ひとりでいるには落ち着かなかったが、人に会うのは怖かった。

きっと、だからこそなのだろう。

彼女を見つけてしまった。


手入れもされていない奥庭の、苔《こけ》むした石のベンチに、彼女は腰かけていた。育ちすぎて曲がりくねった木の枝が、複雑な格子の影を彼女の上に落としている。まるで囚《とら》われているようだったが、無音の風に吹かれ、彼女は変わらず綺麗だった。

まったく動いた様子もなかったが、コミクロンの気配には気づいているに違いない。猫と同じだ。猫に近づく時にそうするように、コミクロンは歩幅を小さくして、ゆっくり進んでいった。焦《じ》れるようには感じなかった――近づいていくようで永遠に距離があるような、そんな感覚こそ、彼女には相応しいと思っていたのだ。


「――」

コミクロンが呼びかけても、彼女はそのままだった。

返事を待たずにコミクロンは続けた。

「キリランシェロが出ていったよ。止められなかった。ごめん」

「どうやったら止められた？」

不意に、彼女が声をあげた。

今度はコミクロンが答えられずにいると、彼女はわずかに声を震わせた。

「泣いて、わめいて、暴れたけど。どうにもできなかった。頼んでも駄目。考えてみたら……あの子はいつだって、アザリー側についたものね」

「そういうことじゃあ、ないんじゃないかな」

「そう？　じゃあもう、わたしには分からない」

そう言って、彼女は手の中に顔を埋《うず》めた。

言うべきなのか、コミクロンは躊躇した。言いたくはあった。あいつの決断は間違っていると。なにがあろうと、彼女にこんな思いをさせてまで行くべきじゃないと。俺はあいつを許さない。

だがそれも、止められなかったのだから虚しいだけだ。

「俺が」

代わりに。

恐らくは、もっと空虚な言葉が口をついて出た。

「俺が、解決する。うまくやる。まだどうしたらいいか分からないけど、天才に不可能は――」

彼女がもう聞いていないのを察して、コミクロンは言葉を止めた。

天を仰いで彼女は号泣していた。

ただただ嗚咽《おえつ》して涙をこぼしていた。

コミクロンは背を向け、駆け去った。

これが最後だった。

しばらくして彼女は《塔》の寮からタフレムに移った。

以来四年間、一度も顔を見ていない。

11

砦の見張りもいる中で、その門前に現れた闖入者《ちんにゅうしゃ》であるはずのコルゴンのことを、誰

も見答めていない。

光と影の境を知り尽くしているように、コルゴンは絶妙の死角に立って、コミクロンに話しかけてきたのだ。そのコルゴンを見返して、コミクロンは息をついた。本来なら真っ先に確認しなければならないことがいくつもある——そして普通なら近況だの、挨拶だのが必要なものかもしれない。

だがコルゴン相手にはなにもいらない。必要不必要も関係なく、なにか言えば必ず通じる。

「まさかもう全員殺してきたとか言わないだろうな」

コミクロンがそう問いただしたのは、コルゴンがあまりに落ち着いて見えたからだ。やるべきことをすべて済ませた時の顔をしていた。

だが答えを聞くと、それは違う理由だった。

「そんなことはしない。十三使徒には生きて帰還してもらわなければならない」

「そうなのか？」

「すべて問題ない。あとは撤収するだけだ。だから来た」

「……よく分からないんだが、俺は面接も間違えたし、事態は悪化してばかりだと思っていたところだ」

「ふむ」

あごのあたりを撫でて、コルゴンはうなずいた。

「説明しようか」

と、山道のわき道を促す。

さすがにこんな目と鼻の先で話していればいずれ盗賊に気づかれるだろう。コミクロンも従って、ついていった。

程よいところで足を止めてコルゴンは言い出した。

「繰り返しになるがあの十三使徒には生きてもらう必要がある。最接近領の情報を聞いて、奴らがプルートーに連絡を残したかは不明だが、もしそうしていながら殺害されれば最接近領の存在を裏付けかねない」

「やはり話が分からんのだが」

コミクロンのしくじりをどうにかカバーするという話にも聞こえない。

それどころか……

「お前の首尾は上々だ。さほどの労なく山賊をふたつ壊滅させた上、十三使徒に情報戦まで仕掛けた。奴らはここを殲滅した後、どこを引っくり返しても最接近領に関わるものを見つけられず、当面は見当はずれな場所を探り続けるだろう」

コルゴンは誇らしくコミクロンを眺めた。

「これを計算ずくでやっていたなら確かに天才だと、スカウトも認めた。あたかも作為なく、あてずっぽうのようにしか見えないのに」

だがその視線を避けるようにコミクロンは半歩退いた。

「あてずっぽうだ。なにひとつ計算なんかできていない。俺はなにもできない」

「実際にしたのだから、反論されても困る」

「本意じゃなかった」

目を閉じて思い浮かべる。カミナリ谷の光景を。

「殺すだの死ぬだの、結局俺は言葉でしか知らなかったんだ」

「言葉も行動も大した差はない。できる力があるのなら」

「そうだろうか」

「十三使徒が盗賊どもを処理したのは、単純にそういう任務だからだ。それ自体はお前と関係ないだろう」

当たり前のようにコルゴンの語るそれは、正論ではある。

論理的には正しい。

コミクロンは苦笑した。

「俺も実際そんなことを言い訳したよ。ここの山猿みたいな領主相手に。そういえばそいつにこう言われたんだった……俺は甘いし、暴力ってものを分かってないと」

それでももちろん、コルゴンは小首を傾げるだけだった。

「暴力に分かるとか分からないとかあるのか」

「喧嘩の仕方の話なんだろう。実際、よく分からん。まるでいい喧嘩のやり方があるみたいに思ってるようだった」

「その意味で言えば……」

と、コルゴンは採点するように言い始めた。

「あえて言うならお前が向こうの谷に攻め込んだ意味はなかった。最接近領の名前を出して十三使徒を挑発したのだから、連中に片づけさせておけばよかっただけだ」

「お前はずっと見ていたのか？」

「すべてではないが。あの谷の死体の山は確認した。あとは十三使徒を追跡していたが、奴らは夜明け前にここを襲撃する計画だろう」

「あと二、三時間というところか」

空の加減を見上げて確認する。

つまりそれが、ボンボン山の武装盗賊らに残された人生の時間だ。

もしくはケイトが新たな頭領として君臨する時間が始まるのか。

ともあれコルゴンはなんの興味もないようだった。

「もうここに用はない。お前はもう役割を果たした」

「役割か」

言葉を噛みしめるコミクロンに、コルゴンはまた不思議そうにする。

「それがどうかしたか？」

「しっくりこない。以前の俺なら気にしなかったと思うんだが」

「なにかが変わったか」

言ってからコルゴンは問いを変えた。

「……以前というのは、いつ以前のことだ？」

「自分で言っておいてなんだがよく分からん。お前はずっと変わらんのかな」

頭を掻いてコミクロンは続けた。

「役割、となるとな。誰か、こうなると分かっていた奴がいたのか。それが領主か？」

「この件に領主は噛んでいない。が、先を見通す力を持ってはいる」

「だからお前は仕えているのか」

「チャイルドマンやプルートーよりは世界を救える可能性がある」

「そうか……そうなんだろうな」

ふた呼吸ほど黙り込んだのは、その三人の名前をひとつひとつ思い浮かべたせいだ。チャイルドマンはよく知っている。信頼に値する人物ではもはやない。プルートー は……聞いている限りでは、きっと実直で、筋を通す指揮官なのだろう。義に殉じるのは得意だろうが、なにひとつ救えまい。

領主とやらは、相棒が信頼している。

しかし誰を選ぶにせよ、彼らが救う世界とはそもそもなんなのか。

向き直ってコミクロンは口を開いた。

「タイミングの問題なんだろうが、お前に誘われた後……フォルテに忠告された」

「奴がなにか知ってるのか?」

警戒をのぞかせるコルゴンに、首を振る。

「いや、最接近領のことじゃない。《塔》執行部の動向だ。俺は遠からず、アザリーの討伐隊に招集されることになりそうだ」

コルゴンは目に見えて安堵したが、それでもその話をどうでもいいとまでは言わなかった。

「腑抜けたとは言え、チャイルドマンが望むとも思えないが」

「先生の望みではないだろう。教室の誰かを使うのは。でも、そろそろ上が黙ってない。正直言って、この指名を避けるためにスカウトに乗る気になったんだ。そういう長老連中にもいい加減愛想が尽きたしな」

　自嘲して、コミクロンはうめいた。

「キリランシェロと違って、俺は四年もかかったんだな」

「四年もかかったといえば、そもそもアザリーの処分に時間がかかり過ぎだ。参加して、討伐すればいい。いつかケリはつけなければな。どうせあれはもうアザリーではないし、正気でもない」

「……………」

　コミクロンはかぶりを振った。

「ティッシのほうはまだ正気だ。かろうじて」

「心が折れて、あれも先は長くない」

「それでも最後のひと押しは背負えない。これから裏切るといっても《塔》は俺の家だった」

　と、顔をしかめた。コルゴンに問いただす。

「というか誘っておいて、スカウトのほうを勧めないのか？」

「そういえばそうだった」

「貴様はそういうところが抜けている……まあ確かに、それが分かる相棒が必要なんだろうな」

「必要だ」

迷いもなくきっぱりと、コルゴンは同意した。

「お前がいれば完璧だ。結局のところ、お前がいないなら俺ももう《塔》に用はない」

「俺がそっち側についたとして、具体的にはなにをするんだ？」

「具体的には分からない。計画は領主様次第だ。俺は結婚までさせられたが、意味は不明だ」

「ふうん。秘密組織ってやつは」

などと胡散臭《うさんくさ》さだけは伝わってくる話かと思えば、単純明快な結論がついてくる。

「単純に言えば、破滅から世界を救うことをする」

「《塔》にいるよりは、天才の仕事らしいとは思うが」

コミクロンは首肯した。

「いいだろう。ただ……」

「なんだ」

「今のまま行っても、俺はなにもできない」

「まだそんなことを言っているのか」

さすがにムッとした顔を見せる相棒に、コミクロンは譲らなかった。

「やりたくないことから逃げたいって心構えで、大仕事ができるか？　俺はひとりで長いこと足踏みしていたから忘れかけてたんだよ」

「なにをだ」

「したいようにすることをさ」

森の中から砦を見上げて目を細めた。狙い定めるように。

12

進入路は限られているが、魔術士にとってはあまり関係がない。というのはカミナリ谷と同じようなものだ。

コミクロンは門だけ飛び越え、無頓着に中へ着地した。砦の中はまだ盗賊たちが夜通し準備に追われている。一致協力してというより各々が好き勝手に武器や罠を用意しているといった様子だが。みなコミクロンの姿を見てもあまり気にしなかった。

ケイトの姿を探して、コミクロンはしばらく歩き回った。彼女は自分の小屋で、軽量の投げ槍《やり》を作っていた。五十センチほどの取り回しの良いもので、穂先には例のナイフを使っている。

熱中していたケイトだったが、コミクロンが咳払いすると顔を上げた。

一瞬、ぱっと顔を明るくしかけたが、すぐ取り繕うように目を逸らす。また手槍の重さを確かめながら、素っ気なくこう言った。

「あたしらのことはほっときな、って何度も言ったよ」

「皆殺しになる」

「だからさ、それも言ったじゃん。どうせ殺されるんなら――」

「危険を冒さずに欲しいものを全部手に入れられるとしたら?」

ぴた、とケイトが手を止める。

ゆっくりとコミクロンのほうを向いて、相手が本気で言っているらしいと見て取った。

それでもまた疑わしげにうめく。

「……夢の話じゃなくて?」

「現実に。夜明けまでには」

「今度は説明なしじゃなくて、あたしがついていけるようにやってもらえる?」

「というより、君にやってもらわんと始まらん」

腕組みして断言するコミクロンに、ケイトはまだなお半信半疑だったが。

それでも今のところ、聞かない手はない流れではある。

もうひとつ問いただした。

「危険はないってどういうことよ。魔術士が五人も来るんでしょ？」

「夜明けまでに来る」

あっさりとコミクロンは同意した。さらに付け加える。

「だから正しくは夜明けまでに終わるというか、夜明けまでになんとかせんとならん」

「なにをすればいいの？」

「そうだな。ああ、そういえば」

コミクロンは些細《ささい》な箇所を訂正した。

「正しくは、危険は多少冒す。が、十三使徒に槍を刺すよりは簡単なはずだ」


「…………え」

肩越しにケイトが送ってくる視線は、さすがに震えていた。

「マジでそれあたしが言うの？」

「だから俺がやっても意味がない」

背後からそう囁く。

小屋から出て、砦の広場――というほど広くもないが、とにかく門近くの一番人出のあるところで。

壁補修の廃材が積み重なった高台を見つけて、ケイトをそこに登らせた。

ケイトはしばらく迷っていたものの、下から見上げるコミクロンの視線に促され、どうにか顔を取り繕った。怒りだ。

「あたしはさ、納得いかないんだよ！」

いきなり声を張り上げたケイトに、周りの盗賊たちが手を休める。

ケイトは大きく腕を振って、さらに声高に周りの注意を引いた。

「このままじゃあたしら、カシラに良いように使われて、犬死にじゃんか！」

「…………いや……」

かなり長い沈黙ののち、盗賊のひとりがうめくように答えた。

「それはみんな分かっててやってんだろうがよ」

「おめえだってそのつもりで支度してたろ？」

「うーん……そうなんだけど……」

真っ向から白けた聴衆に、やりにくそうにケイトが口ごもる。

下からコミクロンが口添えした。

「ケイトが貴様らに訴えたいのは、だ。つまり奴らは約束を守るつもりがあるんだろうか？」

「別に守らねえ理由もねえだろ。勝つどころか生き残るのも難しいんだからよ。その後のことなんて……」

「先の話じゃない。まさに今だ。奴らがあの館に引き上げてから静か過ぎる気がするんだが」

「そうだったか？」

盗賊はあまり取り合わずに眉根を寄せるが、他の仲間の中には砦の奥を見やって不安げな顔をのぞかせる者もいる。

「確かに脅してくれたわりにゃ、あれから見回りにも出てきてねえな……」

誰かがそうつぶやくのを待ってからコミクロンは続けた。

「抜け道かシェルターでもあって、ほとぼりが冷めるまで隠れてるつもりかもしれない」

「俺たちを盾にしてかよ」

「犬に投げる安肉ってほうだろ」

口々に盗賊たちがざわめき出すと、コミクロンは口をつぐんだ。そっとケイトの足を叩いて取り決め通りに話させる。

「だ、だからさ。ツラくらい見せろって言いに行きたいわけよ」

「こっちこそ雁首《がんくび》そろえてか」

「ひとりで行ったら撃ち殺されかねないよ……ほら」

　ケイトはまことしやかにそう言って（実際にそうされかねないからだが）、門についた落とし切れない血の染みを指さした。

「大勢で行きゃ、そう無茶はできないはずだと思うんだけど」

「でもよ、さすがにいつ襲撃されるか分からねえって時に……」

「それは大丈夫だ。斥候を放っておいた」

　コミクロンは断言した。

　盗賊はますます腑に落ちない様子で、

「斥候ってなんだ。魔術士仲間か」

「まさにそんなところだ。一応言っておくと、加勢はしてくれない。案外偏屈な奴でな。ひとつだけ伝言は頼んだが」

「伝言？」

「まあ、あてになるかは分からんが、打てる手は打てるだけ打っているということだ」

コミクロンはみなに聞こえるように声を張った。

「俺は別に貴様らのように、捨て鉢に殉じようなんて気はさらさらない。ここにいるからには勝つつもりでいる。ケイトには命を助けてもらったしな」

彼女に会釈して、お互いに目を合わせた。

このタイミングも内容も打ち合わせしたものだが。ごろつき相手にはこのくらい露骨に友好アピールしたほうが通じやすい――というのはケイトの助言だが。

「お、俺たち、勝てるのか?」

おずおずと盗賊のひとりが声をあげる。

ケイトも次第に調子に乗って、大声で応じた。

「あたしとこの魔術士とで作戦を立てたんだ。見込みあるよ! でも……」

ここで渋面を作り、拳を握って地団太踏む。

「ネックはカシラたちだ! 腕利きも一番いい武器も、あいつらが抱え込んで隠れてるようじゃ……勝てるもんも! 勝てないよ!」

横から彼女を見上げてさすがにコミクロンは止めかけた。いくらなんでも芝居がかり過ぎだと感じたのだが。

だがケイトがちらと視線を送ってくるのを察して口出しを思いとどまった。

当然だが仲間と話す要領はケイトが心得ている。だから彼女に頼んだのだ。

功を奏したものかはいささか不明だが、もともと不満は抱えていた盗賊たちだ。かなり話に乗ってきた。

「褒美を弾むってのは良い話だけどよ……」

「手柄が俺たちなら、あいつらが牛耳るままってのも虫のいい話だよな」

「だろ!?」

と、ケイトだ。

「だから、戦う前にしっかり約束させないとさ！」

「証文でも取るのか？」

「そんなもんケツ紙にもなんないでしょうよ。でも……」

「俺が証人になってやろう」

控えめにコミクロンは申し出た。腕組みして自信たっぷりに付け加える。

「条件は、そうだな。ここにいるみんなと奴らとで分かれて、魔術士の首を多く取ったほうが今後この盗賊団を仕切る。とか？」

「そんなゲームみたいな」

「ルールを決めるんだからまさにゲームだ。別に構わんだろう。どうせ勝つんだ」

横からケイトが同意する。

「そうかぁ……その条件なら、奴らも館に引きこもっていられないわけね？　さっすがあ！」

やはりどうにも芝居じみているわけだが、周りの盛り上がりからするとむしろ丁度よくなっていた。

「しかしどのみちここでずっとごねてるなら、確かに襲撃までそう時間はなさそうだが」

コミクロンは空の具合を確かめながらつぶやいた。夜明けまではもういくばくもない。

「ようし！　直談判だ！」

ぞろぞろと盗賊たちが、砦の奥に移動を始める。

その流れに乗ってコミクロンもついていくが、進みながら歩く速さを落としていった。しまいには最後尾について、そこからもさらに遅れる。

館の前に着く頃には、すっかり間を空けるほどになっていたが。

コミクロンの遅れに気づいていたのはケイトだけのようだった。彼女も足を止め、コミクロンと並んだところで小声でそっと問いかける。

「これってうまくいってんの？」

「今のところは計算通りだ」

「でもあんな条件、カシラがのむかな……」

ここまで本当に計算通りだったので、コミクロンはそれに返事する必要はないと考えていた。

すべてタイミングまで思い通りになるような気がしていたのだ。

そして実際、遥か後方で爆音が轟いて話は終わった。

砦を揺るがすほどの爆発だ。門に火柱があがっている。カミナリ谷への襲撃と同じ、明らかに魔術による破壊だった。

みな、あぜんとして動きを止める。ここにいる盗賊たちだけではない。館の中もだろう。押し寄せた前線部隊と幹部組とでひと悶着も起こるところだったろうが、爆発はその寸前に起こってすべての動きを凍り付かせた。

コミクロンだけがそれを予測していた。

誰が叫ぶよりも早く、盗賊たちに声をあげる。

「敵襲だ。とりあえず館に立てこもれ！」

「え？　それじゃ話がなんだか……」

戸惑って問いかけてきたのはケイトなのだが、コミクロンは全員に聞こえるよう声を張り上げた。

「ひとまずだ！　いきなり門が破られてしまったら抗戦できんだろ。態勢を立て直すまで俺が時間を稼ぐ」

そう言って取って返す。

肩越しに一瞥《いちべつ》して確認すると、盗賊たちはあたふたと館へと走っていく。ケイトもコミクロンを気にしながら小走りに退避していった。

ひとけのない砦前部を、コミクロンはひとり駆けもどった。各所に煌々《こうこう》と篝火が燃える中、ひと際大きい火の手が行く手に立ち上っている。強引にぶち割られた門が見えた。そしてそこには勢ぞろいした敵の軍勢が――

いるわけではなく、破壊された門の脇に男がひとりいるだけだった。彼はコミクロンの姿を見て、砦の外に出ていく。

コミクロンもそのままついていった。

たまたまだが、男が身を潜めていたのは先刻、コミクロンとコルゴンが話をしたわき道と同じだった。

男は落ち着かない様子であたりを見回している。砦のほうも気になるし、後方、来た道の方角にも怯《おび》えた視線を彷徨わせていた。どちらかというと後者のほうを恐れていたようだった。コミクロンが近づくと、男は口早にまくし立てた。

「メモを受け取った。というかいつの間にかポケットに入ってた。いったい誰がどうやって――」

「興味があるなら答えてやってもいいが、なるべく早く済ませたいだろう?」

すげなく言って、コミクロンは男に手招きした。

「傷を見せろ」

「……ああ」

男は顔に巻き付けていた包帯と当て布を取り外した。

シーク・マリスクが連れてきた魔術士のひとりだ。ケイトに顔を裂かれた男である。

コミクロンは魔術で灯りを造ると男の顔に手を触れ、診察した。男の顔の左側には無残な跡があるものの、傷自体は魔術でふさがれている。左目の側に何度指を振っても男は反応しなかった。視力がない。

だがコミクロンは彼のまぶたに指を当ててゆっくりずらした。左目は白目を剥いていて、そこから動かないようだ。さらにまぶたを押し上げると、男があっと声を上げた。

「見えた……でも、視界が変だ」

「左目だけ上を見ている」

コミクロンは手を離して説明した。

「眼筋が切れて、眼球が動かないんだな。神経はやられていない。運が良かったな。これならこの場で治せる」

「あぁ……」

コミクロンが慎重に構成を編んで修復に入ると、男はようやく緊張を解いたようだった。よほど重荷だったのだろう。それは片目の視力を失ったと思いかけていたこともだろうが、そもそもこれから最接近領なる得体の知れない組織に攻め込もうとしていたこともだったには違いない。

「……どうしたんだ、ここ。メモの指示通りになるべく派手に門を破ったけど。なんで誰もいないんだ？」

「本隊は既に引き上げた。残っているのは本陣に連れていけない三下どもだけだ。自分たちが誰に仕えているかも知らない」

「え……あり得ないだろう。山道は押さえてある。誰も下りられない」

「なら今後、領主様を相手にする時は気をつけることだ。あり得ないと言っているうちにそれを起こせる者がお前たちの敵なのだと」

「…………」

男はごくりを唾を呑み込んだ。

「よし、終わった」

コミクロンは修復を終えて、男を突き放した。

彼は安堵とともにまた包帯を巻き直した。必要はなくなったはずだが、もちろん仲間にそれを知られるわけにもいくまい。

「なんであんたは残ってるんだ？」

と、彼はコミクロンに訊ねた。コミクロンは肩を竦めた。

「治してやる約束だったからな」

「正直、まさか守るとは」

「その傷だったら、診断さえされれば俺でなくても治せただろう。だからまあいつまでも秘密にしておく必要はない」

「ありがとう。あんた、できればまっとうに生きてくれれば……いいのに」

そんなことを口走って、男は暗い山道を後もどりしていった。

コミクロンはしばらくその場で、難しげに顔をしかめていたが。

ふと背後から問いかけられた。

「どうした？」

「いや、昼に何十人と虐殺したばかりの奴から見てもまっとうじゃないのか。世界を救う組織というのは」

　振り返るとそこにいるのはコルゴンだった。

　明らかにその疑問にはまったく興味が向かなかったようで、逆に訊ねた。

「言いつけ通りにはしたが、これにはなんの意味があるんだ」

　コミクロンはそのまま答えた。

「武力衝突を回避した」

「……だから、なんの意味が？」

「というより意味のない人死になくした」

「…………」

　コルゴンは、それなりに長く考え込んだが。

　男のいなくなった道を見やって陰気な言葉を吐いた。

「あの男が馬鹿正直にリーダーに報告するかは疑問じゃないか」

「俺の言葉を鵜《う》呑《の》みにする理由もないしな。それでもここに領主の軍勢がいなさそうだと最初に分かっていれば、迂《う》闊《かつ》に皆殺しにはかからないだろう。手がかりをなくすことになる。で、得体の知れない魔術士がいたことは盗賊たちが嫌ってほど吹聴《ふいちょう》してくれるさ。撹乱の効果は変わらんと思うのだが。俺の名前だけはケイトには口止めしておいた。他の連中は覚えてもいないだろ」

「武装盗賊が尋問のために捕らえられれば、あとはそのまま監獄行きじゃないか？」

「更生を願ってる」

「王都の重労働は恐らく――」

話しながらまるで煙のように、コルゴンの声が風に消えた。

いや、風が吹いたわけではない。だがコミクロンはコルゴンがいなくなったというより別のものと入れ替わったと感じた。つまり誰かが来て、コルゴンは身を隠したのだ。

違和感のひとつは、その誰かの気配をまったく感じ取れなかったことだ。コルゴンも警告すら発せられなかった。

山中は自分が身を隠すのには都合がいい。ただしその逆も言える。

（手練れだ！）

身体は精一杯の警戒を感じていた。シークではない、とすぐ判断した。恐らくこの場で想定し得る最も手ごわい相手だが。こうも木々に溶け込めるほど山で育った人間ではない。それはコルゴンやコミクロンも同様だ。

「９！」

咄嗟の構成を編んで解き放つ。

自分の足元に向かって圧縮した空気の塊を撃ち込んだ。

空気弾は地面に潜ったところで解放されて爆発する。柔らかい山の土を膨張させ、バネのようにコミクロンの身体を宙に吹き飛ばした。

空中で手を伸ばして木の枝を掴む。ぶら下がったコミクロンの靴の底をかすめて、猛烈に風を切る鋭いなにかが通過したのを感じた。矢だ。

(木の間を縫って、そう遠くから狙撃できたはずはない……)

気配のないこの敵はかなり近くにいる。

コミクロンは枝から手を離して着地した。体勢を低くして周囲を見回す。

単純に重力制御して跳ぶのではなく空気弾を使ったのは、ここ十数メートル四方の足場を掘り起こすのを狙ったからだ。分厚い綿のように柔らかくなった土の上を、獣ですら素早く動くのは無理だ。

それでも高速で接近してくる手段があるとすれば、その経路は――

「46!」

近くの木の幹に衝撃波を叩き込む。

根から掘り起こされ、支えを失った大木はあっさりと丸ごと転倒した。

その木に巻き込まれて隣の木も。連鎖的にあたりの木々が次々にやられていく。

「ぐおっ……！」

恐らくそのどれかの木の上を跳びながら近づいてこようとしていた敵が、思わず声をあげるのをコミクロンは聞いた。その声で敵が何者かも分かった。

（ゲッパって奴か）

首領の腹心のあの男だ。

木々が倒壊する中、コミクロンは今度は重力制御して跳躍した。転がるように、もう少し開けた山道に脱出する。破壊されて火事になりかかっている門や、篝火などで灯りもとどいている。

コミクロンは身構えて相手の出方を待った。場所さえ確保できれば山賊のひとりくらいに後れを取るつもりはまったくない。それに、加勢しないとは言っていたがコルゴンも近くにはいる。

唯一の好機を逃したことはゲッパのほうが承知していただろう。倒れて折り重なった木の間から、泥だらけでずるりと這《は》い出てきた。手には鉈を持っているが、構えるというよりは引きずるような様子だった。

かなり疲労している、とコミクロンはゲッパの体調を見て取った。それに血だらけだ。見るからに怒り心頭で口を開いた。

「誰と話してやがった……独り言にしちゃ随分と込み入ってたな。てめえ結局ナニモンなんだ」

「素性については、かねて正直に話していたのは俺のほうだと――」

「すっとぼけんなっつってんだ！……まあいいや。裏切り者なのは違えねえ」

億劫《おっくう》そうに武器を肩に担ぐゲッパに、コミクロンは首を振った。

「さて。どうだろうな。証拠でもあるか？」

「そんなしゃらくせえもんはいらねえんだよ。てめえのせいでなにもかもおしまいだ。破滅だよ、破滅」

「単純に言って、世界より先に、破滅からここを救った」

「救ったァ？」

ゲッパが声を荒らげる。

その声音に不穏なものを感じつつも、コミクロンは続けた。

「なんであれ玉砕よりはマシだろう」

「へへへ……ハッハッ……」

脱力して、ゲッパは笑い出した。

嫌な冗談だとばかりに頭を振って、向き直った時には目は憤怒《ふんぬ》で燃えていた。

「カシラはな、殺されちまったよ」

それは完全に予想外だった。ぎょっとしてコミクロンは訊ねた。

「なんだと？　誰に」

「決まってんだろ。てめえのけしかけた馬鹿どもにだ。なに吹き込まれたんだか調子に乗って、あのカシラ相手に条件交渉なんて通じるわけねえってのによ。乱闘でポックリだ。カシラも三人ほど巻き添えにしてたが」

「犠牲が……出たか」

「まだアジトじゃ収まってねえ。泥仕合で全滅かもな」

「…………」

耳を澄ませば――確かに館のほうから聞こえてくる。

騒乱、罵声、悲鳴……

改めて見てみれば、ゲッパが返り血にまみれているのもひどくくたびれているのも、乱戦を突破してきたせいだろう。

そのゲッパ以上に力なく、コミクロンはうめいた。

「また計算違いか……」

調子づいた人間が軽挙に走るのを予測していなかった。むしろその軽挙が致命傷になる状況を作ってしまったともいえる。

そのコミクロンに、ゲッパは近寄ってくる。

「観念したか？」

得物を突きつければとどくという間合いの半歩手前で。

コミクロンは不意に顔を上げた。その表情を見てゲッパは面食らってたじろいだ。

気にした気配もなくコミクロンは淡々と告げた。

「いや、今まで俺は楽をしてたなあと思ってな。やっぱりこの四年間、勘がおかしくなってたな」

「なんだ？」

「落ち込めばそれで済むと思っていた。もともと俺のすることに成功なんてなかったのにな。なにを勘違いしたんだろう。やるってことは違うんだな。読み間違えようが、ドツボにはまろうが、できることをし続けるんだ。意味があろうとなかろうと」

ほの暗くも不敵な笑みを浮かべ、コミクロンは進み出た。ゲッパの鉈をわきにのけて、そのまま手のひらで彼の胸に触れる。

「お前も計算が外れたか？　俺が折れると思ってそんな話をしたんだろう」

コミクロンの問いに気圧されながらも、ゲッパは口の端を吊《つ》り上げ、言い返した。

「なにがあった。男ぶりが随分違うじゃねえか」

「足踏みが長かった分、駆け足でいく」

「調子に乗んな――――！」

ゲッパは一気に武器を振り上げようとした。が。

肩が上がらない。どころか震える手から鉈が滑り落ちた。

立ってもいられない。気が付けばその場に膝を突き、倒れかけていた。

「……ん……ん!?」

「触れただけで大動脈の位置を特定できるのは俺くらいだろうな。それができると、最小の術で血流を操作もできる」

「こ……カッ……！」

「下手に動こうとするなよ。じきに十三使徒が来たら大人しく降伏すれば、多分介抱してもらえる。お前は今夜、運が良かったほうだな」

くずおれるゲッパを後目《しりめ》に、コミクロンは砦に向かった。

その手前でひょいとコルゴンが顔を出す。

やはり理解しがたいようで、訊いてきた。

「ここでまだなにかすることがあるのか？」

「友達だけでも助けたい」

「そうか……」

コルゴンは奇妙そうな顔を見せたものの、そのままコミクロンについてきた。

「手伝ってくれるのか？」

コミクロンに問われて、彼は曖昧にうなずいてみせた。

「考えてみたら、なにかを一緒にする機会も久しぶりだしな」

「それもそうか」

館に向かうにつれて、そう呑気《のんき》な話ができる雰囲気ではなくなっていく。

騒ぎがはっきり聞こえるようになって、空気に血臭も混じり出した。

館の正門は破られていた。ゲッパらはすぐに手下を受け入れようとしなかったのだろう。

入り口からもう武器と死体が転がっていた。

「ひゃーはははァ！」

すっかり興奮状態でわめき散らし、飛びかかってきたのは盗賊のひとりだ——もはや血みどろで、コミクロンの扇動に乗ってここに来た側かゲッパの側だったのかも見分けがつかないが。コルゴンが身軽に一撃を食らわし昏倒させた。

内部はもはや敵味方もなく、ただ動くものが動くものに飛びかかるだけの地獄絵図になっていた。統制もなく乱闘になればこんな結果しかないのかもしれないが。

広間にひと際目立つ塊があり、それは何本もの武器に念入りに貫かれたバーランの屍《しかばね》だった。何人か敵を道連れにしたとゲッパは言っていたが、まさに両手でひとりずつ盗賊の首を握りつぶし、歯でも誰かを噛み千切ったのか、肉の塊をくわえた状態でこと切れている。

コミクロンは一目で死因を特定した。

「喉が詰まって窒息死だな」

と、振り返って相棒につぶやく。

「これを最接近領の領主だと思ってたんだが」

コルゴンは首を傾げた。

「この死体とはあまり似ていないな」

「似てるとか言われたらそんなとこお前辞めろと言っていたところだ」

「誰に似ているかというと、領主の顔はチャイルドマンに似ていると俺は思う」

「なんでだ？」

「別に理由はないだろう」

騒乱はまだ続いているが、かなり人数が減ってきているのだろうとは察せられた。ふたりは館を見て回り、最奥部の通路でほとんど最後の生き残りに近い人影に遭遇した。

ケイトだ。手製の槍はもう折れて、棒切れになっている。その彼女を通路の奥に追いつめて、斧を持った盗賊が息を荒らげていた。

現れたコミクロンを見て、ケイトが目を見開いた。

彼女がなにか言うよりも先にコミクロンは告げた。

「すまん。またしくじった。だが拒否されても助けるからな。そこは諦めろ」

「……なにそのわけ分かんないやつ。あたしが意地通してここで死ぬって思ってんなら、それこそあんた馬鹿モンだよ。さっさと助けて！」

迷いもなくケイトは即答した。

戸惑ったのはむしろ斧を持った盗賊で、なにをしたらいいのかと躊躇するうちにコミクロンに倒された。

「たくましいな、凡人というのは」

笑いかけたコミクロンに、ケイトはきょとんとする。

「あたし、やっぱ凡人に格下げ？」

「格下げでもない」

ケイトを加えて、彼らは館をあとにした。

13

一日かけて下山した。

十三使徒の包囲を突破するのは簡単だった——目を治した男を頼るだけで済んだからだ。彼らと入れ違い、山道を下って酒場に着いた。

酒場には二種類ある。

街中にあるものと郊外にあるものだ。前者は街の住人のうさを吸い出すために、そして後者は旅人の休憩所になる。

街酒場のほうが洗練はされている。店によって大なり小なりだが。人生において重要な出来事が起こることもままある。もちろん重要事を忘れるためにも役に立つ。

だが街の外、街道に点在する酒場というのはもっと切実に重要だ。もちろん郊外での休憩所、避難所としてもだが、それよりも大事な役割は情報の伝達だった。人が移動すればその人間の持つ情報も移動する。噂は伝染し、やや不思議なことだが、人の足よりも速く都市間の情報網にもなり得る。ひとつの酒場が店をたたむことで、ある村に届くはずだった情報が滞り、そのために一族が全滅することもないではない。社会全体にまで影響を与えるわけだ。

つまり酒場というのは世界の耳であり、目だ。

酔漢たちは酔いつぶれてでもいなければ、その店に入ってきた客に必ず目をやる。

酔っ払いたちはコミクロン、コルゴン、ケイトの三人を数秒見やって、特になんの反応もなく会話にもどっていった。

「…………」

コミクロンがなんとなく腑に落ちずにいると、ケイトが訊ねた。

「どうかした？」

「いや、なにというわけでもないんだが。どことなくこの前と違う気がしてな」

呆れたようにケイトは手を振った。

「そりゃ、そんだけくたびれて汚れりゃあね」

「ふうむ」

酒場では、カミナリ谷壊滅の話は伝わっていた。ボンボン山のほうも明日には噂にのぼるのだろう。

十三使徒についてはあまり語られず、カミナリ谷の武装盗賊を掃討したのは騎士団の手柄ということになっていたようだった。これでこの地域に平和が訪れた……のかは誰も知らない。騎士団はいずれ退く。そうなればまた武装盗賊がどこからか集まってくるのだろう。

「結局、また一からやり直しか……」

ケイトは身の振り方を悩むことになりそうだった。

砦は破壊され、もう仲間もいない。敵すらいなくなってしまった。

「それでもまあ、なんとかするよ。ボスにはなりそこねたけど。ある意味、今こそあたしがあたしのボスよね」

うまいことを言ったとでも言いたげにたっぷり間をおいてから。

彼女はコミクロンに問いかけた。

「それで、あんたはどうすんの？　これから」

「これから、か」

コミクロンはしばらく黙り込んだ。

沈黙が長かったせいで、そのうち酒場で関係のない喧嘩が始まって、話は有耶無耶になってしまった。

それでも当人の中では答えは出ていた。

翌日にはケイトと別れて酒場を出、しばらく歩き続けた。

方角をどちらにと決めたわけではない。コミクロンもコルゴンも、いずれともなく進んだだけだ。

ふとだしぬけにコミクロンは言い出した。

「俺は《塔》にもどる。討伐隊に加わってアザリーを始末する」

コルゴンは足を止めた。

「どうして気が変わった？」

「いや、最接近領のスカウトは受ける。そう決めたからこそ……けじめがいる」

コミクロンは懐からドラゴンの紋章を取り出した。

シークの手から取りもどしたものだが、そもそも出自がバレてはいけない状況になると分かっていたのに、わざわざ持ってくるべきではなかった。合理的にはそうだ。

しかしそれでも手放すまではできないのだろう。傍目《はため》には、すべてを捨てるように見えたとしても。思いを噛みしめてコミクロンは紋章を首にかけた。

「先生や、他の奴らがやるよりも、これから裏切り者になる奴がやったほうがいいだろう。ティッシは俺を憎んで、まともにもどれるかも」

「……お前がそう思うなら、うまくいくんだろう」

コルゴンはすぐに認めた。

苦笑してコミクロンは腕組みする。

「貴様はなんでも、あっさり確信するなあ。そういうとこだぞ」

《塔》への帰路を目指して、空模様から方位を求めた。

寿命もわずかな世界であっても太陽は明るく輝いている。

歩きながらコミクロンは語り続けた。

「思い出してくると芋づる式だな。やはり貴様と離れてたのも間違いだった。なんも分からん相棒になにか教えてないと俺の調子もズレるんだ。まあいいや。次に合流してからレクチャーしてやろう」

「ああ。待っている」

コルゴンはついてこなかった。《塔》ではなく最接近領にもどらなければならない。

もちろん今生の別れになるなどと予測するはずもなく。

この数日で世界の今後の運命がいくつか決まったのかもしれないし、あまり関係はなかったのかもしれない。

うらのゆめ

「本当に、なんでこうなるわけ!?　っていうかなんでこうしようと思ったわけ!?　どうしてゴーサインが出たのよ！　誰がやろうって言い出したの！」

長い黒髪を逆立たせる勢いで、教室の中でまくしたてるレティシャに、こうなった原因でありこうしようと思いゴーサインは出たものと考えた連中は首を傾げるのだった。

「怒ってる理由がよく分からんのだよなあ」

「驚くかもしれないけど悪気はなかったんだよね」

「別に今までなにをするにでも誰かのゴーサインを見たことはないのだが」

「う！　る！　さい！」

順番に、コミクロン、ハーティア、コルゴンに向かってレティシャが怒鳴りつける。

鼻先に彼女の怒気を吹き付けられても、三人は納得いかないようだった。

「指摘しておくが、キリランシェロだって共犯だ」

むすっと抗弁して、コミクロンはレティシャの後ろで倒れているキリランシェロを指さした。

完全に気を失った弟をちらと振り返ってから、レティシャはなおも声をあげる。

「でも被害者でしょ！」

ハーティアもしかめっ面で言い返す。

「自業自得ということはあるよね」

「へりくつ！」

「ゴーサインというのは具体的にどういうサインだ。ひと目で判別できるのか。どれだけゴーという感じなんだ」

コルゴンだけはきっぱり無視されたが。

レティシャは軽く頭を抱えて嘆息すると、倒れている弟を抱え起こした。

「常識で考えなさいよ。なにが楽しくて教室で人を逆さ吊りにして水の入ったバケツに——ええと、結局なにをしたの、これ」

「なにをしたのかも把握せずに怒っていたのか」

「把握できないようなことだから怒ってるのもあるわよ」

「大体見ての通りだ。まずキリランシェロを逆さに吊るしバケツに頭を浸した状態で、このバットでバケツをおもくそ叩いてみた」

滔々と説明するコミクロンに、レティシャは問いただした。

「……なんで」

「いや、罰ゲームだからさ」

答えたのはハーティアだ。ぐるりと振り向いたレティシャの顔を見て、つい口出ししたのを後悔はした。それでも後ずさりしながら続けるしかなかった。

「帳尻ゲームをやろうってことになって」

「なにそれ」

口ごもったハーティアに代わってコミクロンが答える。

「今週、不運な目にあった出来事を全員で話していって、一番マシだった者に罰を与えて宇宙のバランスを調整するゲームだ」

「よくもまあしょうもないことばっかり思いつくもんね」

「いやしかし、宇宙のバランスを乱すとだな」

「あのね。こんなの暴力どころか暴虐よ。人間のやることじゃない。マジほんと、軽蔑する」

改めて三人を睨みつけてから、レティシャは弟を見下ろした。

「これ脳震盪起こしてないでしょうね。意識もどらないようなら医務室に……あっ」

ちょうど合図でもあったように、キリランシェロが目を開けた。

「キリランシェロ、大丈夫?」

レティシャが顔を近づけるのだが、キリランシェロはそれを怪訝そうに見返した。

そして。

「あの……どなたですか?」

「え」

さすがに全員、言葉を呑む。

みんなで顔を見交わしていると、キリランシェロはゆっくり起き上がった。姉の手から逃れるように離れて、あたりを見回す。

「もしかして、記憶がないとか？」

恐る恐るつぶやくハーティアに、キリランシェロは面食らったように目をぱちくりした。

「え？　いや、なに言ってんだ？　ハーティア」

「……あれ？」

そして次いで、コミクロンを見やる。

「あー……君は……ええと」

しばらく考えてから手を打った。

「あ、コミクロンだったっけ。会ったことはあったよね」

「いや、まあ、あるが」

腑に落ちないという顔でコミクロンはうめいたが、なにがおかしいのか不明であとが続かない。

キリランシェロは残ったコルゴンには目をやることもなく、しばらくハーティアをまじまじと見返した。

「うーん……でも、なんかお前も変だよな。なんていうかこう、キャラづけされてないか？」

「キャラづけ？」

「うん。なんていうのかもっと平凡な感じのライバルキャラ的な感じじゃなかったっけ。お前」

「そんなこと言われても」

ただただ、みなが困惑する中。

これまで、ゴーサインとは実際どれくらいゴーな感じのものなのかひとりで色々試していたコルゴンが、ふと閃いたように口を開いた。

「記憶が退行しているのかもしれない」

「退行？」

驚くというより呆気に取られたままのレティシャに、コルゴンは真顔で続けた。

「一巻を書いたくらいの時点まで」

「なによ一巻って」

「いや、時系列的には今より先の記憶ということになってしまうのか。ややこしいな。これも全部、過去編をあとから書いたせいで起こった混乱といえるか」

「いや言ってること全然分からないけど」

レティシャのみならず余計に混乱する中、コルゴンだけが冷静だった。いや、あともうひとり、キリランシェロも。

「そうか。五巻で登場する時まで、姉がもうひとりいることなんてまったく考えてもいなかったわけだからなあ」

「いないわけないいじゃない。ずっといたわよ！　あのね、キリランシェロ、ちょっとパニくってない⁉」

さすがに慌てて、レティシャが掴みかかる。

しかしキリランシェロの表情に嘘はない。そのことに慄《おのの》いて、レティシャは後ずさった。

その背後からコルゴンが続ける。

「そう。最初から設定って全部考えていたんですか？　的なことをたまに言われたりしたらしいが、そんなわけはない。行き当たりばったりだ。俺などは実は五巻に登場するつもりだったんだが、なんとなく出そびれてその後随分遅れてしまった」

「そ……そうなの？」

もはやつっこむことも、五巻ってなにとか言うことも間に合わずにレティシャは震える。

コルゴンはうなずいた。

「そうだ。ちなみに、その時俺が出ていたら、薬物依存ヒャッハーな感じのモヒカン男になっていたはずだ」

「マジで？」

「その証拠にというのもなんだが、ちらっと初登場した瞬間だけ、今とは口調が違っていた。その後なんで変えたのかは今となっては不明なのだが（すみません）、まあそれくらいコロコロと予定を変えながら書いていたわけだ」

長々とした話に、さすがにレティシャは体勢を立て直して声をあげた。

「さっきからその書いたっていうのはなんなの！　そもそもあんたまで変なこと言い出すのは意味分かんないでしょ！」

「それはそうなんだが、一番ややこしく変化しまくったのは俺だからな」

「もうやめてー！」

髪を掻き毟《むし》ってレティシャは絶叫した。

そのままキリランシェロを蹴倒し、憤然とその足を掴むとさっき解《ほど》いたばかりのロープを拾い、結びつける。

わめく弟の腹を打って黙らせて逆さ吊りにすると、バケツの位置まで引きずって頭を突っ込んだ。

やはり落ちていたバットを拾って――

「うるァァァァ！」

一気に振り抜いた。

衝撃音とともにキリランシェロの身体は天井まで吹き飛ばされ、ロープがちぎれた。壊れた人形のように転々と転がってから……

しばらく床に伸びてぴくぴく震えていたが。

レティシャは深いため息をつくと、バットを捨て、ゆっくり弟のところに近寄った。

優しく抱え上げる。と。

「うう……ん……」

目を開けたキリランシェロが口を開いた。

「レティシャ？」

「ええ。大丈夫？」

にっこりとレティシャは微笑むのだが。

ふと、三人の視線を感じて横目で見やった。

ハーティアらはすっかりドン引きだったが。

機先を制してレティシャは告げた。

「いいのよ。宇宙の混乱を正しただけ」

「いや、あの」

「いいの。なにも起こらなかったの」

以後、レティシャがこの件を蒸し返されても返事をすることは一度もなかった。

あとがき

どうも！　秋田です。

あとがきです。

あとで説明しますが珍しく？　ちょっと長めのあとがきになる予定です。

というかひたすらいろんな言い訳をしていくコーナーになります。

まあそもそもこのシリーズの経緯から話が少し長いんですが。

引っぱることでもないので最初に言いますと、アニメ合わせでお前もなんかやれや、て話になって、なんかっつってもなんか書く以外のことなんかあります？　てことで、なんか書くことになんかなりまして。

なんかってなによって結構考えたわけですよ。

このシリーズってこれまで時系列的には前にも後にもいろいろ書いてて。本編があるとすればその五年前の過去編から、未来は二十五年くらい先のことまでやっていて。さすがにさらに前とか（番外的にやったりしたこともありますが）、さらに未来っていうのも無理あるかなーと。主人公孫できちゃうよ下手したら。さすがにややこしいよ三世代目は。登場人物数もっとわけ分かんなくなるよ。

それで、合間を狙うというか、こう、書いてなかった隙のある場面を狙って拾っていこうかなと。

なにしろシリーズも歳を重ねただけに辻褄《つじつま》合わないとこが山ほどありまして。

このごろ初期に書いたものを見返さないとならない機会があったり、そのへんの質問をアニメのスタッフさんたちから受けたりしたのもありますが、まあ目につくこと目につくこと。

ミッシングリンクじゃないですが、それ埋められるだけ埋めてみるかと。

よし、題して隙間編だな。と満を持して提案したら内容はいいけどタイトルとしては没にされました。駄目かなー、隙間編……わたしの中ではしっくり来るんですが。


で、ですね。

さっき「お前もやれや」って書きましたが、わたし以外の人にもいろいろ参加いただいておりまして。

まあアニメ自体が人に作っていただいてるわけですが（さっきから話が渋滞してますがこのへんもあとで触れますね）、ノベル方面ではアンソロジーですよ。書いていただいております。

神坂《かんざか》さんから香月美夜《かづきみや》先生、河野裕《こうのゆたか》先生、橘公司《たちばなこうし》さんに平坂読《ひらさかよみ》さんと、あとわたしの我がままで水野さんに解説までおねだりしました。ありがとうございますすみません。

なかなかない顔ぶれだと思うんですが、それぞれみなさんのネタが集まってくるとですね、はっきり気づくんですね。

コミクロン率高い……

いや、そこまで高いか？　って大袈裟な気もしますけど。うっすら高いくらいかな。

でもわたしもこのシリーズ上、さんざん言われてきたんですよ、こいつについては。

「なんでコミクロンを死なせてしまったんですか？」って。

そのたびに答えてました。

なんでっていうか、なんかあって死なせたわけじゃなくて、登場した時には死んでたんですよ。彼は。わたしにはどうしようもなかった！

今回収録している『うらのゆめ』っていうのは以前、コミカライズの単行本発売時に、おまけとして勢いで書き下ろしたものですけど（ああ、また渋滞してるけどこれも後で……）、これで触れている通り、このシリーズの最初の一巻を書いた当時なんて、それっきりの話のつもりだったから後になっておかしくなってる出来事だらけなんですね。

コミクロンって奴はその中でも最大のひとつな気がします。

他にもいろいろあるんですけれど。初期の話を見ていると意外に感じるのが「あれ、このシリーズってこんなにファンタジーファンタジーしてたんだっけ……」てことだったりします。

でもとにかく言われまくったのはコミクロンです。

一巻の当時では、本当に顔を覚えてもいない程度の知り合いのひとり……くらいの関係性のつもりでした。

チャイルドマン教室が何十人かいるようなイメージだったんですね。

このシリーズ、わたしが思いつきで出した数字があとになって変なことになるってパターン多いです。って他人事みたいに言ってますがお前が思いつきで数字出すからだろって話ではあるんですけど。レティシャの屋敷の部屋数とかね。これは十数というつもりが数十と書き間違えたんだった記憶がありますが……

話をもどすと教室の生徒数。こういう人数だから初期だと、修行中に半分くらいが事故で死ぬ、みたいな設定になってたんだろうと思います。虎の穴みたいなイメージだったんでしょうね、きっと。

で、話が進むにつれてですね。かつての教室のメンバーが出てくるという流れになって。その時に気が変わってるんですね。うろ覚えですが、多分、どうせ「○○のメンバー」って形で登場させるなら、モブ的な感じじゃなくて全員顔と名前が一致するほうがキャラ立ちするよな、くらいのノリだったんじゃないかしら……

それで七人になりました。

連載のほうのシリーズで過去編をやるということになったのも、恐らくこのあたりの時期ですよね。

これらがここで一気に噛み合って、コミクロンの呪いみたいなもんが完成します。

いやー、この過去編がですね。とにかく受けが良かったんですよ、このシリーズ。

初回のあたりはともかくとして、続けるにあたって、わたしの中で懸案になったのが当然このコミクロン問題です。

でもこの頃はもちろん特に「なんで死なせたんですか」なんて言われることもありません。そりゃそうです。まだ登場もしてないので。

ともあれそのうち出さないわけにもいかないよな……でも再会しても気づかない程度の感じなのか……それって無理あるんじゃないか……

そもそも目の前で死んだのに、のちに引きずりもしてないんだよな……嫌い合ってる関係でもそうはならないだろ……

解決しようのない問題になってくるとですね、わたしみたいなもんはこう言い出すんですね。

「まあいっか。変人にして、みんなには気にしないでいてもらおう」

それで出てきたのがコミクロンなわけです。

図らずも、過去メンバーで一番人気の奴になってしまいました。

で、言われまくるようになったわけです。なんで死なせてしまったんですかって。


今回のシリーズについては、コンセプトがいくつかあります。

アンソロジーのこともあったので、まずは「もし仮にわたしが他人事としてアンソロジーに参加したとしたらどんな話を書くだろうか」っていうこと。

変な言い方ですが、自分で自分の話をノベライズするような感覚です。

なのでちょっと文体も初期の書き方に近づけたんですけど、これが実は思いのほか書きづらく……

　時間かかった上、なんか変に短くまとまっちゃいました。でもこれ、読みやすくなってるんじゃないかなー、きっと。こうなるとわたし、シリーズ進むにつれて余計な嵩《かさ》を増す癖がついてたってことだろうかとちょっと反省もしましたが。次回以降どうするか現在悩み中です。

　ともあれこのあとがきでは今回その分、長めにお送りしております。

　まあ久しぶりのシリーズなので、もともと話さないとならないことはたくさんあったわけですけど……

　で、もうひとつがさっきも言いましたが「特に初期の設定での矛盾をどうにか解消できないか」っていうこと。

　真っ先にやったのがこのコミクロン問題というわけです。

　ネタばらし……ってほどのことではないと思うのでここでもう触れてしまいますが、この話でのコミクロンは二十一歳。本編の一年前です。

　主人公と再会して誰だか分からなかったってことは、見た目とかガラッと変わってしまっていたんだろうな、っていうのはぼんやりとあった裏設定でした。

　他にも、コミクロンのほうから話しかけもしなかったのはなんでだろうとか。

　そんなようなことからいろいろ逆算して、こういう話になりました。

　この話はこの話で新たに矛盾を生んでる気がしないでもないですが。

　特にのちの本編にも出てくるあいつら関連ですね。一応、古文書よろしく過去作を確認しながら書いたつもりではいるんですが。そんな時ほどうっかり落とし穴があったりするものなので怖い……

もしおかしなことになってたら。

しょせん番外編だと笑ってやってください。いや、さすがにまた改めて埋めるほどの隙間ではないと思うので……

みっつ目のコンセプトが。って分ける意味ないかもしれませんが「もしかしたら本編の未来をガラッと変えていたかもしれない出来事を追う」と。本編開始前の主人公を、離れた場所から追いかけるようなシリーズになる予定です。

まあ正直これは書きながら、逆に未来を変えない出来事ってなんなんだよ、とは気づいたんですが。主人公がもし仮に階段で転んで死んだって未来は変わるわけで。だから主人公なのか。難儀だな主人公って。

あ、あと今回収録の『うらのゆめ』についてですね。

さっきも言いましたがこれは以前、特典としてちょっと書いたものです。

これ自体にも裏話があって、このタイトルはわたしがなんも考えずにファイル名としてつけていたものが、まさかのそのまま小冊子のタイトルになってしまいました。「裏設定の夢オチ」くらいの意味だったんですが（結果夢オチにもなりませんでした）。

いや、タイトルって大抵は原稿送ったあとで「タイトルどうします?」って訊かれてから考えるので、ファイル名って適当に仮でつけてること多いんですよ。

　たとえばこの本の原稿は、ファイル名は「コミクロ」でした。途中で行き詰まって大きく改変したりすると「コミクロｂ」になりますし、もう一回やれば「コミクロｃ」です。見分けがつけばいいやってくらいの感じなのです。

　少し遡《さかのぼ》るとこのシリーズの第四部なんて「ＴＯ01」とかになってますね……要はＴＯブックス宛てのファイル１って感じです。

　イラストとかと違って、原稿っていったん脱稿するともう参照することないんですよね。というのも一度校正を通すと、オリジナルのテキストデータはもはや原稿ではなくなっちゃうわけです。内容変わる上、その変わった部分が元データには反映されてないですからね。なにか事情でもない限り、むしろ参照したら危ないんです。だから極端な話、元のデータは破棄したっていいくらいです。まあ一応そこまではしないですけど。

　と、話がやや逸れましたが。

　ファイル名はそんなこんなで、その場限りのものをつけてる場合が多い（わたしだけかもしれないけど……）ということで。

　特典用の小冊子だと時間もなかったから、そのまま使われちゃったんですね。出来上がったやつを見て「あっ」て思いましたが、黙ってました。いや、ちゃんとタイトルのつもりでしたよ？　って空気で乗り切りました。でもここで白状しちゃいました。

裏話はもっとあって、これでネタにしている「いきあたりばったりで二転三転した設定」ってもちろんこれだけじゃなかったです。

入りきらなかった大きなやつがあるんですけど、今回の話にちょっとだけネタで入れ込みました。

最接近領の領主というキャラクターがいるんですが。

これ最初の予定だと、チャイルドマンのゴーストで、ほぼ同一能力のコピー人間っていうつもりだったんですよね。確か。

だから初登場の時に、妙に勿体《もったい》つけた出方してたような気がします。なんかどういう姿なのか分からない感じの。

でもそのあと気が変わって、その設定やめちゃったんですよね。

死んだ人を登場させるのがものすごく嫌だったのかもしれません。これ理由はっきりと覚えてないんですよね……

今回それでコルゴンが唐突なことを口走ってますが、まあいつものあいつの与太話だと思ってください。別に設定をまた変更したわけでも、パラレルに突入したとかでもないです。パロディってことでなんかこういうの入れたかっただけで。今回、結構そういうのやってく感じです。

次回はコミクロンとは違った意味で厄介な隙間を埋めるつもりです。

裏設定が山ほどあり過ぎてかえってこれまでなんにも触れずに来た人。ちゃんと話がまとまるかあんまり自信なかったりするんですが。

頑張れ。頑張れ俺。

その話がお手元に届いたとしたら、そりゃ頑張らないと無理だわ……というのをきっと共感していただけると思います。

ここまであとがきお付き合いいただいて、昔からわたしを知っている人はきっと「さっきからしくないこと書いてるなー」と思っておられるんではないかと思うんですけど（あれ？そうでもない？）。

ここからさらにもっと、らしくなくなりますよ。

二〇二〇年のアニメシリーズ。これの経緯については余所で触れることもあると思いますが。大雑把に書くと、以前のアニメシリーズからの御縁から続いて数年前のボイスドラマのシリーズがあって、その反応も良かったのでという流れで実現しました。まずは大勢のご厚意のおかげで、本当にありがたいことです。

いわゆる出版社が主導して、という作り方ではないのが前回との一番大きな違いだと思います。それが良いとか悪い的なことではないですが。

時代を経て……というくらいの年月が過ぎているのもあって、企画から制作、果てはアニメ業界全体の状況まで、基本的にはがらっと変わっています。

あんまりテクニカルなこととかは門外漢のわたしには説明も難しいというか、そもそもよく分かっていないんですが。

そういうことではなく単にわたしが個人的に、真っ先に直面した違いは「企画に手を挙げていただいただけあって、スタッフに、当時読者だったという方々がかなりおられること」なのでした。

……あんまりピンとこない言い方でしょうか。わたし的には結構ベタフラの背景にSE鳴るくらいのノリなんですけど。

要はですね。詳しいんですよみなさん。このシリーズについて。わたしなんかよりも。

いや、これもうまい説明ができてないな。

わたしは基本的に、このシリーズの話を作った人間です（我ながらアホなフレーズだな……）。

だからこのシリーズについてはなんでも「分かる」んです。

例えば主人公の足のサイズはいくつですかと問われれば、そんな設定考えてなかったとしても、その場で決めてもいいし、その理由ももっともらしくつけることができるわけです。

いきあたりばったりという言い方をしましたが、それをずっと長いこと続けた結果、演繹《えんえき》を繰り返して初期の単純に明白なことほどどんどん忘れていくんです。逆に言うと、忘れないと話を書き続けることってできないんです。

もちろんなるべく破綻しないよう、矛盾しないように作ろうとはするんですよ。

でも必ずいくつかこぼれていくんです。

「エバーラスティン家の家紋？　っていうのがここにだけ出てくるんですが、これなにか設定あるんですか？」

て言われてホントどっと汗出ましたよ。え？　二十何年前にそれ書いた人って本当に俺だったんすか？　宇宙人にさらわれてた可能性ないですか。そうですか。

あと司書官とか。一度声に出して言ってみてください司書官。自然に言えたでしょうか。言うだけなら言えると思うんですけど、きちんと聞き取れて違和感なくとなるとかなり難しいんですよ。なにしろ文字ではなく声で伝わらせないとならないわけで。

演者さんを大いに苦しめたこの単語。「いやそれこのあと二度と出てくることもない深い意味もない設定なんです」て収録中に告白できます？


なんていうのか。

シリーズの最初の話をアニメで制作するということになって。

未熟で考えなし最高潮の若い自分自身にひたすら襲われ続ける日々でした。

マジやばいっすよあいつ。

二十何年後にこういう目に遭うなんて考えてもいないから、好き放題っすよ。

ただ、その一方で。

そんな無茶苦茶だったわたしの話を、今でも大事にしていただいているというのを思い知った日々でもありました。


身も蓋もない話をしてしまいますが。

特にシリーズ初期ではこの話、一巻、二巻、三巻で設定が全部変わっちゃってるんですよね。

話のノリ自体が手探りで、そもそも一巻はそれ自体で完結のつもりでいましたし、それ以降でも二巻のノリでいくか三巻のノリでいくか……で三巻のほうが受けが良かったのでそっちにするか、て感じだったりとか。

キャラクターの動機もそこかしこブレがあったりで、連続して整合性つけるにはどうするか、スタッフさんにはご苦労ばかりおかけしました。本当に辛抱強く作っていただきました。


そんなこんなもあっての隙間編、なわけです。

なので気まぐれでこういうコンセプトにしたのでもなくて、わたしの中では結構な必然性があるのでした。

大袈裟に言うなれば、作中のミッシングリンクというより、わたし自身のシリーズ初期とのつながりを思い出すというような。

あんまりこんなこと語り倒すあとがきというのも、すっかりやらなくなってましたけど、実はわりとこんな恥ずかしい感じで語ってたのです。

ともあれ本当に今回、大勢の方々に関わっていただいております。

ひとりひとりにお礼を……と書いていたらそれこそきりがないくらいです。いずれ山奥にこもって、お経を唱えながら岩洞の壁にひとりひとりの名前を彫ろうと思います（多分やりません）。

今回、コミカライズの矢上裕《やがみゆう》先生にはなんと描き下ろしまでいただいてしまいました。

舞台版もありました。これを書いている時点では、来月に後半戦（というのか）も控えておられて、楽しみです。

こんな書き方をしてると最終巻みたいですけど。

むしろこれが一冊目です。全三巻を予定しています。

このシリーズについてはこんな感じでちょい恥ずかしくやっていこうと思っていますので。

呆れずにお付き合いいただければ幸いです。

それでは！

また次回の巻末でお会いしましょう。

二〇一九年十月――　秋田禎信

—— うらのゆめ ——

本当に なんで こうなるわけ!?

っていうか
なんでこうしようと
思ったわけ!?
ガミ
ガミ
どうして
ゴーサインが
出たのよ！
ガミ
ガミ
誰が
やろうって
言い出したの！
うーむ
………
怒ってる理由が
よくわからんの
だよなあ
レ……
レティシャ
悪気は
なかったんだよ
あわわ
別に今までも
誰かのゴーサインを
見たことは
ないのだが
ゴーサインとは
具体的に
どういうサインだ
ひと目で判別
できるのか
どれだけ
ゴーという
感じなんだ

う！る！さい!!
常識で考えなさいよ！なにが楽しくて教室で人を逆さ吊りにして水の入ったバケツに…
ええと 結局なにをしたのこれ
なにをしたのかわからんまま怒っていたのか
わからないから怒ってるのもあるわよ！

単純な話だ まずキリランシェロを逆さに吊るして頭をバケツに浸しそのバケツをバットでおもくそ叩いてみた
断っておくがキリランシェロだって共犯だぞ
だからなんでよ! 被害者でしょどう見ても!
――いや
帳尻ゲームをやろうってことになったんだよ
ゴーサインとは…
イイイイ
わかるように説明しなさいよ!!
ひいッ
すなわち
ホっ

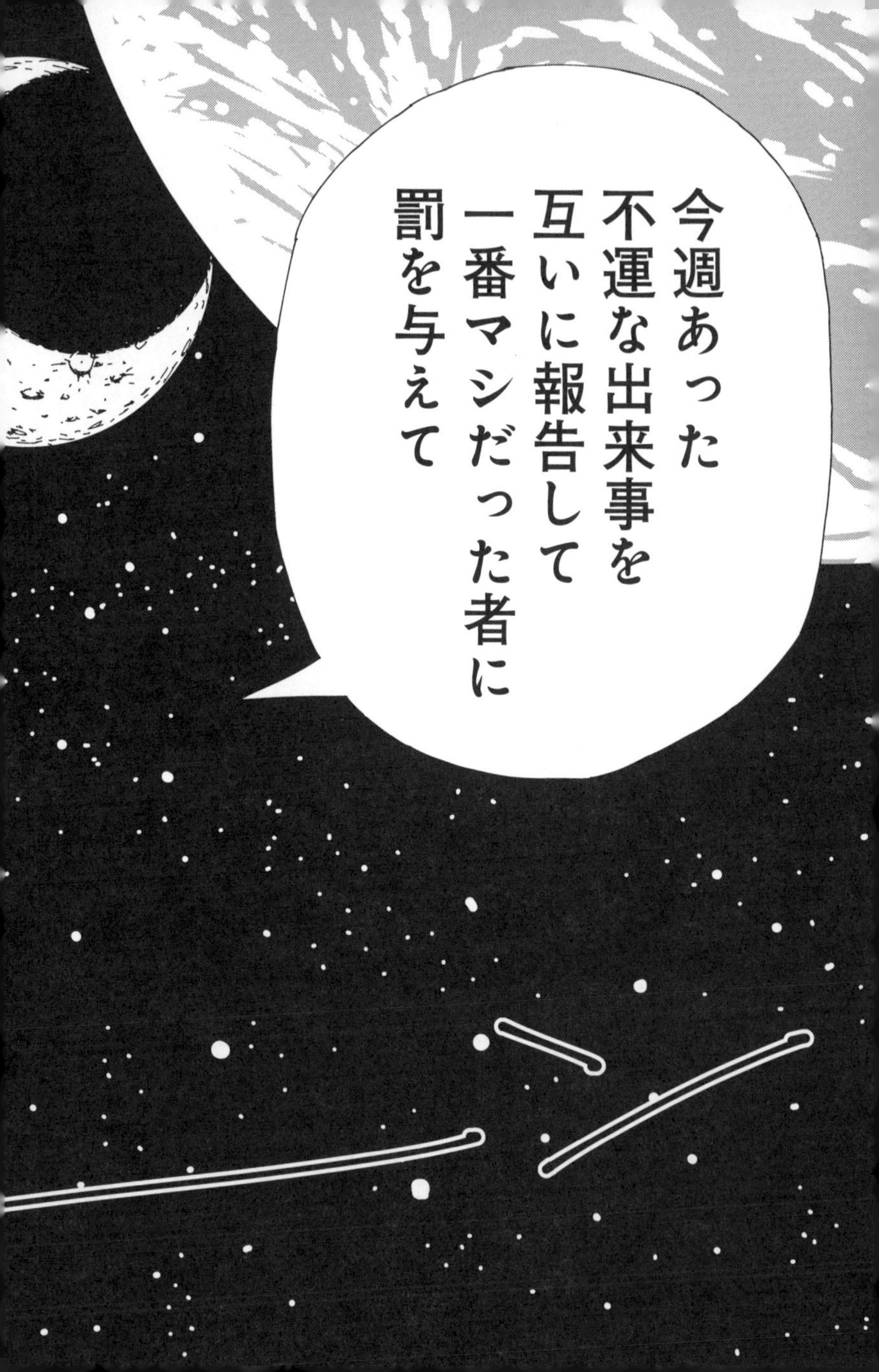
今週あった不運な出来事を互いに報告して一番マシだった者に罰を与えて

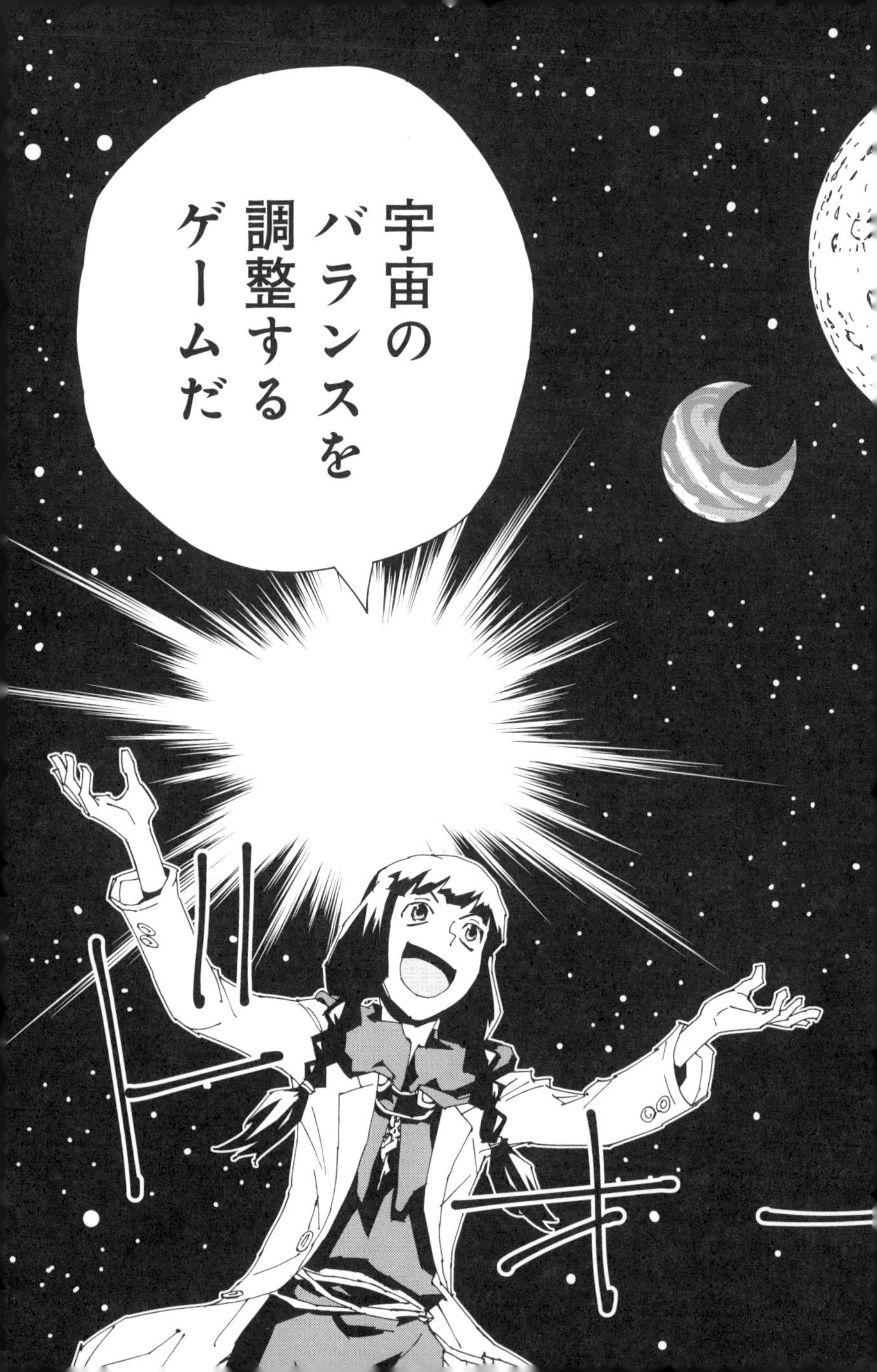
宇宙のバランスを調整するゲームだ

…………
…………
よくもまあ次から次へと
しょうもないことばかり
思いつくもんね
くらっ
しかし
宇宙のバランスを
乱すとだな………
これは暴力よ
それどころか暴虐よ
マジほんと軽蔑する
まさか死んじゃ
いないわよね
キリランシェロ
ギュ
キリランシェロ!
……

あの……どなたですか
え
ギョッ
俺たちのこと忘れちまったのか!?

なに言ってんだよハーティア
あれ？覚えてる
君は………コミクロンだっけ
前にも会ったよね
そりゃあるが……
?
なんだこの微妙な記憶加減
でもなんかハーティアも変だな……
なんていうか
キャラ設定変わってないか
は？
?
もっと平凡なライバルキャラじゃなかったっけお前
キャラ？
?
なに言ってんの
?

記憶が退行したようだな
コルゴン!
一巻を書いたくらいの時点まで

コルゴン!? 一巻ってなに!?
時系列的には今より先の記憶ということになってしまうのか
ややこしいな過去編をあとから書いたせいだ
五巻で登場するまで姉がもうひとりいるなんて夢にも思わなかったからなあ
なによ五巻って!?
設定って最初から全部考えていたんですか的なことをたまに質問されたりするらしいがそんなわけはない
行き当たりばったりだ
俺なんて実は五巻に登場するはずだったがなんとなく出そびれて随分遅れてしまった
ちなみにその時登場していたら薬物依存ヒャッハーなモヒカン男になっていたはずだ
ゴゴゴゴゴ

ヒャッハー
あんたたち さっきから 意味わかんない! やめて!
モヒカン!? マジで!?
ちらっと 初登場した時 口調が違ったのが その証拠だ
その後なぜ 変えたのかは 不明だが
すみません
秋田禎信・談

もうやめてえー!!
ゴン
ぶしッ
!?
ギョ

くるるるるるっ
や
やめ…
げふう
うるアア
アアッ!!

ズガゴン
シュゴオオオ
フシュウウウ

カラン
コツ
コツ
コツ
ゆさっ
ポタ
ポタ
…………
うう…ん
……

レティシャ……？
ええ
大丈夫？
……
しーん
……
……
ニコ

おわる

出会えたことに感謝します

ありがとうございました

矢上 裕

SORCEROUS STABBER

ORPHEN

魔術士オーフェンはぐれ旅　コミクロンズ・プラン

2020年1月1日　第1刷発行

著　者　秋田禎信《よしのぶ》

発行者　本田武市

発行所　TOブックス
〒150-0045
東京都渋谷区神泉町18-8　松濤ハイツ2F
TEL 03-6452-5766（編集）
0120-933-772（営業フリーダイヤル）
FAX 050-3156-0508
ホームページ　http://www.tobooks.jp
メール　info@tobooks.jp

印刷・製本　中央精版印刷株式会社

ISBN978-4-86472-900-0